suhrkamp taschenbuch 3578

Die Details könnten genau so stimmen, und doch ist alles frei erfunden in diesen Erzählungen, die von den Großen der Geschichte ebenso wie den Namenlosen handeln: vom ewig von Leibschmerzen geplagten Racine auf dem Weg zum König; von der großen Sibirien-Expedition des Alexander von Humboldt; von Max, der einem Lehrerehepaar bei der Flucht in den Westen helfen soll und sich dabei in die Frau des Lehrers verliebt; von einem modernen Michael Kohlhaas, dem im Streit mit seinem Arbeitgeber, der örtlichen volkseigenen Stuhlfabrik, die Ehefrau mitsamt dem vierjährigen Sohn abhanden kommt. Ein phantasievolles Spiel mit Wirklichkeiten, mit historischen Daten und Fakten treibt der Erzähler in diesen Prosastücken, die durch Witz und Scharfsinn bestechen.

Christoph Hein, geboren 1944 in Heinzendorf/Schlesien, lebt in Berlin. Zuletzt erschien sein Roman *Landnahme* (2004). Im suhrkamp taschenbuch liegen die Romane *Willenbrock* (st 3296), *Der fremde Freund/Drachenblut* (st 3476), *Der Tangospieler* (st 3477), *Horns Ende* (st 3479) und *Das Napoleon-Spiel* (st 3480) und die Essaisammlung *Öffentlich arbeiten* (st 3590) vor.

Christoph Hein

# Nachtfahrt und früher Morgen

*Erzählungen*

Suhrkamp

*Nachtfahrt und früher Morgen* erschien ursprünglich in der DDR unter dem Titel *Einladung zum Lever Bourgeois*.

Umschlagfoto: Sven Paustian

suhrkamp taschenbuch 3578
Erste Auflage 2004
Erstveröffentlichung 1980,
Aufbau-Verlag, Berlin und Weimar

Satz: Jung Crossmedia Publishing, Lahnau
Druck: Nomos Verlagsgesellschaft, Baden-Baden
Printed in Germany
Umschlag nach Entwürfen von
Willy Fleckhaus und Rolf Staudt
ISBN 3-518-45578-8

1 2 3 4 5 6 – 09 08 07 06 05 04

# Nachtfahrt und früher Morgen

# Einladung zum Lever Bourgeois

> Zum Lever, der Zeremonie des königlichen Aufstehens, geladen zu sein, galt als besondere Gunst am französischen Hofe.

Ein Geräusch im Haus weckt ihn. Er lag nur im Halbschlaf und erinnert sich augenblicklich daran, daß ihn Catherine bereits geweckt hat, daß seitdem vielleicht schon Stunden vergangen sind, daß er weit über seine übliche Zeit hinaus im Bett zugebracht hat. Trotzdem, er fühlt sich unausgeschlafen. Nicht fähig, rasch aufzustehen. Er schlägt die Bettdecke zurück, bleibt liegen. Die plötzliche Kälte soll in seinem Körper die wenige Energie beleben, die ihm der Nachtschlaf brachte und die ihm so notwendig ist, um bis zum Abend aufzubleiben.

Ihn fröstelt.

Bis zum Abend. Mißmutig erinnert er sich des vergangenen. Madame de Maintenon hatte ihn gebeten, wieder einmal an einem Tag des Appartements teilzunehmen, und er hat der Einladung dankend folgen müssen. Die Empfänge beanspruchen ihn außerordentlich: Er fühlt sich nach den wenigen Stunden körperlich erschöpft, beginnt heftig zu schwitzen (mitten im Gespräch, die Achselhöhlen laufen einem davon), seine Aufmerksamkeit läßt schnell nach. Es fällt ihm schwer, seine Gedanken auf ein Thema zu konzentrieren. Noch unangenehmer sind ihm belanglose Plaudereien. Die geschwätzige Nichtigkeit. Er murmelt eine Antwort. Dazu ein hilfloses Lächeln. Es soll verbindlich wirken. Als Zugabe seiner Aneinanderreihung von Worten, ihm selbst unbegreiflich, unverständlich. Immerhin, Antwort ist Antwort. Und leise genug: Seine Gesprächspartner dürfen nach eigenen Vorstellungen seiner kaum hörbaren Erwiderung einen Sinn unterlegen. Die ihn Umstehenden verabschieden sich bald, was ihn amüsiert. Nein, diese abendlichen Empfänge sind seinen Jahren nicht zuzumuten. Die unverbindlich redseligen Gespräche lassen ihn schmerzhaft das Verstreichen von Zeit spüren, sein Altern. Aber er hat die wiederholte Aufforderung nicht abschlagen können. In seiner mißlichen Situation, jeder weiß ja, daß Ludwig auch ihm die Hetzschrift zutraut, stellt die Einladung eine herzliche und sogar mutige Geste der Witwe dar. Also, ergriffen bedankt man sich.

Langsam schwenkt er seine Füße, stellt sie auf den kühlen Fußboden, richtet sich auf und lauscht für Sekunden den Regungen in seinem Körper. Das längere Verweilen im Bett scheint ihm gutgetan zu haben. Er steht auf, legt sich eine Decke über die Schultern, trägt den Kerzenleuchter zum Schreibpult. Dort liegen zwei unbeendete Briefe, die er gestern nach dem Empfang begonnen hat. Er nimmt eins der Blätter, überfliegt es und greift nach der Feder, um den Brief an seinen Pächter weiterzuschreiben. Die übergelegte Decke erweist sich als hinderlich, er schiebt sie zurück, sie fällt auf den Boden, der Luftzug reißt den anderen Brief vom Pult, er segelt mit den weit ausholenden Schwingungen eines großen Pendels auf den Teppich. Racine sieht dem Papier nach. Er legt die Feder weg, geht zur Tür, bittet Therese, ihm die Wasserschüssel zu bringen. Dann, auf dem Bettrand, hüllt er sich wieder in die Decke ein und wartet auf das Mädchen.

Die Witwe war an dem vergangenen Abend um ihn besorgt. Sie schickte Lecomte zu ihm, als sie sah, wie verloren er bei den jungen Damen stand. Er nahm es gerührt zur Kenntnis, wenngleich ihn ihre Bemühungen anstrengen. Später flüchtete er in den Dianasaal, wo er, ein Buch in der Hand, scheinbar aufmerksam dem Billardspiel zusah. Und er registrierte: Blicke, Kopfnicken, Erkennen. Man erinnert sich seiner. Noch mit Ehrfurcht, auch schon mit Nachsicht. Die uninteressierte Höflichkeit. Er kann sich nicht über mangelnde Achtung beklagen.

Racine ist nicht unzufrieden. Er hat die Gesellschaft nicht gesucht, er verlangt nichts von ihr, er braucht sie nicht. Er ist sich selbst genug geworden. Und er weiß, vor allem sein Altern beschränkt ihn so einsiedlerisch auf sich selbst. Aber seine Unlust an der abendlichen Hofrunde entspringt auch anderen Ursachen. Der Hof ist eine Gesellschaft junger Leute, die er nicht kennt, fremd und laut. Zu seiner Zeit – also hat jeder nur zwanzig Jahre als seine Zeit. Doch noch hat er auch hier Freunde, die er ungern, selbst jetzt nicht, vermissen möchte. Beispielsweise Madame de Maintenon, die Mätresse Ludwigs, eine wunderbare Frau. Und –. Er langweilt sich. Er ist ungeduldig im Umgang mit Bekannten. Gespräche bricht er unvermittelt ab und verläßt, deutlich seine Verärgerung bekundend, das Zimmer, sobald ein Wort ihm dumm und abgeschmackt erscheint. Er ist launisch und nicht mehr bemüht, es zu unterdrücken. Unschlüssig ist er nur bei dem Gedanken, wieweit er seinen Mißmut allein den Jahren und den Gebrechen zuzuschreiben hat, wie sehr er sich nach dem Zustand seiner eigenen Natur veränderte. Der Darm als Weltsicht. Er ist unzufrieden geworden mit seinen alten Erfolgen. Die früheren Anerkennungen scheinen ihm jetzt oberflächlich. Ein taubes Echo, in dem alles versank.

Therese klopft an die Tür, bringt die Waschschüssel herein, stellt sie auf das Schränkchen hinter dem Paravent und verschwindet aus dem Zimmer, nicht ohne nach seinen weiteren Wünschen zu fragen. Er erwidert ihr nichts. Wickelt sich aus der Decke, geht hinter den Paravent und wäscht bedächtig und gründlich sein Gesicht mit dem angewärmten Wasser. Unter der Haut seiner Wangen fühlt er Knoten, diese gelblichen, geldstückgroßen Flecke, die ihm noch nie Schmerzen bereitet haben. Das stimmt ihn zufrieden. Man hat nicht auch ihretwegen Falcon zu rufen, den Arzt.

Die wenigen Haare sind verschwitzt. Er reibt seinen Kopf mit einem Wolltuch ab. Die Jahre machen vorsichtig, und er fürchtet die Erkältung. Mit einer Bürste säubert er die Hände, die Fingernägel, um sie anschließend mit einer Eisenfeile, verzierter Holzgriff, einem Geschenk Catherines, zu kürzen. Das ist langwierig und verlangt doch die ganze Aufmerksamkeit: Er will sich nicht an dem Eisen verletzen. Und er hat an dieser gleichförmig wiederkehrenden Tätigkeit Gefallen gefunden. Mit Hingabe führt er sie jeden Tag aus. Der uneingestandene Grund für diese Akribie, für seine Lust an der Pflege der Hände ist die Angst vor dem unausbleiblich folgenden Teil der Morgentoilette: der Entleerung seines Körpers. Sie ist ihm seit dem letzten Jahr zur Qual geworden. Seine Leibschmerzen wurden unerträglich, und Falcon kennt nur seine üblichen Salzlösungen zum Trinken und Gurgeln. Wenn er nicht überhaupt mit witzig gemeinten Sprüchen verbleibt. (Letzte Gewißheit über Ihren Zustand, Verehrter, hatte der hilflos grinsende Arzt ihm gesagt, werden außer Gott wir alle erst nach der letzten Eröffnung unseres geschätzten Hofhistoriographen haben.)

Die Fingernägel sind untadelig. Racine sucht vergeblich nach einer Unebenheit, mit der er sich weiter beschäftigen kann. Er muß das Eisen fortlegen. Seine tägliche Passion beginnt. Das Nachtgeschirr hat er seit seinem Darmleiden im Schlafzimmer stets zur Verfügung. Eine nachlässige Bequemlichkeit, die, wie er meint, keinen was kostet, aber ihm vielleicht eine schlimme Entwicklung seiner Krankheit erspart. Manchen Morgen muß er bis zu einer halben Stunde auf dem Stuhl seiner Qualen zubringen. Das Ärgerliche ist, daß keiner genau sagen kann, woran er leidet, ob es sich bessern wird, was dagegen zu tun ist. Die Schmerzen sind selten eindeutig zu lokalisieren. Es kann die Leber sein, vielleicht sind es die Nieren, ganz bestimmt aber die Därme. Die machen ihm besonders seit Beginn des Januars zu schaffen (Falcon: Trinken Sie die Salze, mein Bester. Bei diesem Wetter bitte regelmäßiger. Es gibt nichts Besseres. Mein Kollege, der königliche Leibarzt würde Ihnen vermutlich Senfpflaster auflegen. Er heilt nach Methoden, Verehrter, man möchte meinen, er sei ein Republikaner, ein Cromwell.)

Racine ist jetzt neunundfünfzig Jahre, seit wenigen Wochen, und er fürchtet sich, bis an sein Lebensende unter diesen Schmerzen zu leiden. Lebensende, wie eine bekannte Größe auf einer arithmetischen Geraden. Er setzt sich vorsichtig auf den Stuhl, seine Hände halten das hochgeraffte Hemd, und wartet darauf, daß die Marter beginnt. Er lauert ängstlich und angespannt, wann das wilde Tier des Alterns wieder die Krallen in seinen Leib schlagen wird. Er verkrampft sich in der Erwartung seiner alltäglichen Schmerzen. Als er es merkt, bemüht er sich, die Verkrampfung zu lösen. Die Krankheit würde sonst heftiger und bösartiger einsetzen. Er weiß es, die Erfahrung ist der bessere Arzt. Und wie immer hegt er die Hoffnung, daß ihm an diesem Tag die Qual erspart bleibt. Trotz der Erfahrung.

Er versucht sich abzulenken. Boileau kommt ihm in den Sinn. Todkrank ist er. Armer Freund, und dazu seine schlechten Augen. Nein, nein, er will nicht daran denken. Possier, der Advokat, ein lieber Mensch und kann nicht mehr seine Füße heben. Herrgott, ist er denn nur noch mit Krankheiten, Gebrechen, Alter umgeben! Gesund, völlig gesund war er in Neerwinden. Danach? Es war ein allmähliches Wachsen der Krankheit. Die Leber, später die Därme, der ständige Kopfschmerz. Letzteres wohl nur eine Folge. Ja, in Neerwinden noch war er ein vollkommen gesunder Mensch. Da hatte er noch keinen Falcon nötig. Aber was war das schon für eine gute Zeit! Nur in der Pfalz soll das glorreiche Heer schlimmer gewütet haben. Was er in den Niederlanden zu sehen bekam – bestialische Soldaten, übermäßige und sinnlose Verwüstungen, ungerechtfertigte Requisitionen. Und die Offiziere! Was wußte er schon vorher. Jungfer, es ist Krieg. Man hat über ihn gelächelt.

Das Verfahren gegen die drei Offiziere. Eine holländische Bäuerin war vergewaltigt worden, man fand sie dann zusammen mit ihrem Kind in der Stallung tot auf. Die Untersuchung wurde eingestellt, um höhere Interessen nicht zu inkommodieren. Alltag der Armee. Der Bauer, der die drei Offiziere angezeigt hatte, ein Nachbar jener Frau, verübte später – wie der französische Kommandant im Dorf bekanntgeben ließ – Selbstmord. Schuldig des Diebstahls von Militäreigentum. Bemerkenswert daran, daß er sich in seiner Scheune mehr als zwanzigmal eine Forke in den Körper gestoßen haben mußte, so daß sein Leib in zwei Teile zerriß. Schon der zweite Stoß mit der Forke hätte nach Ansicht des Feldschers den Mann innerhalb von Sekunden verbluten lassen müssen.

Racine hatte damals die Suite des Königs für wenige Tage verlassen, um die ländlichen Gegenden kennenzulernen. Ein Bildungsreisender in den Niederlanden. Der Kommandant des Dorfes war durch das Erscheinen des königlichen Historiographen beunruhigt. Daran hatte auch seine Versicherung nichts geändert, daß er derzeit nur privat und völlig eigennützig reise. Zudem habe er sich als Historiograph für belangreichere Ereignisse zu interessieren. Herr Dorfkommandant!

Damals erschien ihm die Annahme des Offiziers vermessen, daß er, der königliche Beamte, dergleichen Auswurf zu Notiz nehmen würde. Über diese Einzelheiten des niederländischen Feldzuges hatte er zwar auch berichtet, jedoch nicht in der Historie und nur an wenige Freunde, Boileau, auch an Nicolas in Port-Royal. Und nur andeutungsweise. Hier eloquent zu detaillieren wäre unangebracht. Vielleicht gar Schlachtengemälde liefern!

Und schließlich, was hätte er ausrichten können. Er, ein

kleiner Geschichtsschreiber, gegen die allmächtige, allgegenwärtige Armee. Nein, da sind keine Schuldgefühle, weder damals noch heute. Der Feldscher hatte ihn vor der Scheune in den Bericht einsehen lassen und ihn dabei höhnisch angestarrt. Was sind das für Menschen, kann es Schlimmeres geben! Vor dem Scheunentor war Posten bezogen worden, um jedem Unbefugten den Eintritt zu verwehren. Möglicherweise wäre er befugt gewesen, sich das Tor öffnen zu lassen. Seine Stellung gegenüber den militärischen Rängen war nicht eindeutig bestimmt. Einige Privilegien, seine Nähe zur königlichen Suite – sicher, man hätte ihm letztlich den Blick auf den zerfleischten Kadaver nicht verwehren können. Aber wozu. Was dann. Sollte er in die Scheune gehen, um dann Mord, Mord zu schreien? Die reinen Helden in der Literatur. Auf der Bühne ist es angebracht. Helden. Tat und Tod. Er ist kein Schauspieler.

Das Scheunentor zu öffnen, fehlte es ihm nicht an Mut, ihn hinderte Lebenserfahrung. Und bedenke die Folgen, prudenter agas. Schließlich hat ein jeder die Möglichkeit, ein solches Scheunentor aufzureißen, um sich von irgendeiner Widerlichkeit, sagen wir: Unglaublichkeit, zu überzeugen. Daß in den Verliesen des Sonnenstaates nicht nur Verbrecher liegen, daß gefoltert wird, daß Militär und Polizei sich bei ihren Verhören gewisser Praktiken der verfemten spanischen Inquisition bedienen – welcher Narr möchte ein Tor aufreißen. Jeder weiß ja einiges, kennt den oder jenen Unglücklichen. Weiß aber auch, hier nachzuforschen wäre Staatsverleumdung.

Und wozu auch. Nur Idioten und Kinder verwundern sich über die Welt. Die Bestialität der Polizei, der Armee ist abscheulich, ekelhaft, aber untauglich für Meditation. Allenfalls für ein Gespräch mit gleichermaßen Enttäuschten: eine Andeutung, eine ironische Bemerkung, ein verzweifeltes Lachen, Charakter en passant, man weiß. Vielleicht ist die Fähigkeit, ein Verbrechen verschweigen zu können, die

Bedingung der menschlichen Rasse, in Gesellschaft zu leben. Das »höhere Interesse« eines Staates anzuerkennen, ist bestialisch möglicherweise, aber die Voraussetzung seiner weiteren Existenz. Der des Staates, des Individuums ohnehin. Und der verdiente Staatsbürger ist zu ehren um seiner schweigenden Mitwisserschaft willen. Da ist es süß, für das Vaterland zu sterben, um ihm nicht anderweitig dienen zu müssen.

Die Scheunentore zu öffnen, um nie wieder schlafen zu können, um sich vor sich selbst zu ekeln, auszuspeien? Nein, es widerspricht der Vernunft, Kenntnisse zu erlangen, zu erzwingen, die uns unerträglich sind. Mächtigere als er hatten sich Augen und Ohren verstopft, um die Welt für gut befinden zu können. Er hatte dem höhnisch lächelnden Militärarzt den Bericht schweigend zurückgegeben und war zu seinem Quartier gegangen. Die Übelkeit kam erst, als sein Blick auf eine Mistforke fiel, die an die Stallung seiner Gastgeber gelehnt war. Drei schmutzbedeckte eiserne Zinken, fußlang, vierkantig, spitz auslaufend. Wieviel ist zwanzig mal drei. Er erbrach grünlichen Magensaft.

Zwei Tage später gehörte er wieder zur königlichen Suite. Um einen weiteren Urlaub bat er nicht.

Er starrt auf den Paravent, die gemusterte Seidentapete. Die unentwegt sich wiederholenden Bäume beginnen vor seinen Augen zu hüpfen. Er atmet schwer. Sitzt auf dem Zimmerklo zusammengesunken und ergeben. Ein Kloß von Erinnerungen und Schmerzen. Vielleicht hier drauf zu sterben. Nein, zuvor noch ins Bett krauchen. Ach was. Die Briefe aus den Niederlanden. Man hatte vorsichtig zu sein. Falls es der König, was nie auszuschließen war, erfahren würde – mit Ludwig hatte er auch schon zu jener Zeit genügend Ärger. Sein damals erneut beginnendes Arrangement mit dem Kloster Port-Royal ist vom Hofe ungnädig bemerkt worden. (Eiferer und Heilspriester alles. Ich hoffe, daß man in Port-Royal über dem Geschreibsel nicht vergißt, allein auf die himmlischen Gefilde und die irdischen Weinfelder das Augenmerk zu richten.) Ludwig verwies auf die Hugenotten, die man auf Anraten der Jesuiten wieder stärker kontrolliert. Dragoner werden in ihre Häuser gesetzt. Die Kinder werden ihnen weggenommen und vom Staat erzogen, selbst von den käuflich erworbenen Ämtern müssen sie zurücktreten, ihre Ehen gelten für Kirche und Gesellschaft als nicht vollzogen. Racine weiß auch, daß die Jesuiten das stille Port-Royal als die gefährlichere Bastion ansehen, so verderblich für sie wie unangreifbar. Denn die meisten der Großen Familien sind nicht gewillt, der Kirche nochmals allzu willfährig zu folgen, und die Jansenisten des Klosters Port-Royal stellen ihnen für die ständige Konfrontation mit Rom ein ergiebiges, kleines Spielbrett dar: schlägst du meine Bauern, schlag ich... Man soll sich da nicht täuschen. Trotzdem, die Andeutungen Ludwigs bezüglich der Hugenotten waren und sind eine leere Drohung. Das rechtgläubige Kloster mit den dissidierenden Protestanten zu vergleichen! Das kann auch ein XIV. sich nicht erlauben. Nicht vor dem Hof. Überdies, sagt er sich, haben die Dunkelmänner keine Schriftsteller, jedenfalls keinen Pascal und Boileau. Auch keinen Racine. Um mit ironischen Schriften, bissigen Kommentaren die Öffentlichkeit für sich einzunehmen, fehlt ihnen nichts weniger als alles.

Allerdings hat er auch nicht erwartet, daß man seine Aussöhnung mit Nicolas, mit dem Kloster so mißmutig aufnehmen würde. Vom, immerhin, Erfolg verwöhnt, glaubte er, man werde stillschweigend seine so sehr persönliche Entscheidung akzeptieren. Empfand er es doch als kaum mehr denn eine entschuldigende Geste für ein paar Jugendtorheiten, für etwas erhitztes Blut in der Polemik gegen das verfemte Kloster, für seinen Vorwurf gesellschaftlicher Impassibilität (mit achtzehn, zwanzig, da ist es nicht bösartig, sondern rührend), mit dem er sich dazumal von

Port-Royal lossagte. Der Hof spricht von einem Kniefall vor der strengen, unduldsamen Lehre seiner Kindheit, vor der weltentsagenden Disziplin der Jansenisten. Auch, daß er damit seine Enttäuschung über den Hof, die Libertins, vielleicht seine Abkehr von der Bühne bekunden wolle. Das ist alles in allem großer Unsinn. Natürlich. Es war nur eine Geste, eine übliche, konventionelle Theatergeste.

Man klopft an die Tür, Therese fragt, ob er das Frühstück wünsche. Racine schrickt zusammen. Später, bittet er, später. Er beeilt sich, ihr zu antworten. Er ist unsicher, ob er die Zimmertür zugeschlossen hat. Ich melde mich, Therese, ruft er. Er legt beide Hände auf seinen Leib, streicht behutsam über die weichliche Haut, die dicken Wülste, die Schamhaare, als wolle er die befürchtete Rebellion der darunterliegenden Organe beschwören, einschläfern. Während der kreisenden Bewegung seiner Hände betrachtet er seinen Bauch. Überhängend, ein schlaffes, weichliches Fettgewebe. Der Schauplatz der Schlacht. Schlachtplatz. Letztes Heldentum im Rückzug auf den Wanst. Verinnerlichter Lebenskampf. Wie die wilden Tiere, denkt er. (Er hatte sie vor vielleicht zwanzig Jahren in der Stadt gesehen. Ein großer hölzerner Bau inmitten des Jahrmarktsplatzes. Vergleichbar einer halbierten Tonne aus dem Keller Gargantuas. Über steile, enge Treppen gelangte man an der Außenwand nach oben zur Plattform, die sich rund um den unbedachten, ansonsten aber tür- und fensterlosen Bau zog, und von der aus man in das Innere blicken konnte. Dort lagen – für den Betrachter wie in einer tiefen Höhle – verschiedene wilde Tiere friedlich nebeneinander, Raubkatzen. In die Stadt geholt von einem Konsortium Pariser Geschäftsleute. Sein Freund Possier, der ihn begleitete, war einer der Initiatoren. [Der Aufwand ist nicht unbeträchtlich, mein Lieber. Immerhin, ein Transport aus Nordafrika. Aber unsere Geschäftsbücher halten einen Vergleich mit der Tabakgesellschaft aus.] Von Zeit zu Zeit verkauften oder vielmehr versteigerten die Eigentümer der Menagerie, Araber, rohe Fleischstücke. Diejenigen des Publikums, die Fleisch erwerben konnten, warfen es selbst oder durch die Hilfe eines Araberjungen den Tieren vor. Die schläfrig nebeneinander ruhenden Raubkatzen, die die Schaulust der Pariser mit der routinierten Würde eines alten, aristokratischen Geschlechtes hinnahmen, richteten sich, sobald ein Herr aus dem Publikum oder jener Araberjunge ein blutiges Fleischstück über die Öffnung der Höhle hielt, auf, sprangen die Wände hoch, rissen an den Holzplanken, fielen übereinander her, um schließlich, wenn das rote und sie erregende Fleisch zu ihnen hinunterfiel, in einen tollwütigen, orgiastisch zuckenden Kampf zu fallen, dessen Keuchen, Jaulen und Schreien die Holzwände verstärkt wiedergaben und das noch Sekunden nach dem schnell verrauschenden Taumel über dem Rand der Höhle nachzuklingen schien. Was aber den Besucher auf der oberen Plattform mehr als alles erschreckte, was diese Marktplatzsensation ihm zu einem aufreizenden Schauspiel machte, das war das – auch bei wiederholtem Besuch nicht zu verleugnende – Gefühl, selber an diesem Kampf beteiligt, in den Strudel der zuckenden, geschmeidigen Katzenleiber hineingerissen zu sein. Der Holzbau schwankte und erzitterte unter den wütenden Schlägen seiner Bewohner, vibrierte nervös wie in Erregung nach dem blutenden Fleisch, bäumte sich auf mit den weit emporschnellenden Körpern der Raubtiere. Man spürte, wie das Holz splitterte. Die Balken begannen nachzugeben. Die Plattform schwankte unregelmäßig unter dem Ansturm und den rasenden Schlägen der exotischen Tiere. Dazu die lauten, befehlenden Rufe der Araber, ihre fremden, ungewohnten Schreie, die Ohnmachten und das hysterische Kreischen der Besucherinnen – all dies bewog den Betrachter unwillkürlich, seine Hände um das Geländer zu klammern, brachte ihn bis an die Grenze, die immer verschwimmendere, unwirklich werdende und in der Erinnerung fast verschwindende Grenze, die ihn von dem leidenschaftlichen Kampf der Tiere trennte. Die Attraktion, die sich dem Besucher bot, war die des Voyeurs. Es waren der Schrecken und der Reiz, während der gesamten Vorführung im Ungewissen zu sein, ob er nicht schließlich von dem sich immer mehr verstärkenden Sog des Geschehens, von der Ekstase der Bestien in die Höhle des Schauspiels hineingerissen, von dem Ausbruch des Blutdurstes fortgeschwemmt würde.

Der Einfall, das Tierfutter an die Besucher zu versteigern, kam von Possiers Gesellschaft und wurde gegen den Widerstand der um ihre Tiere besorgten Araber durchgesetzt.)

Racine versucht, durch behutsames Tasten zu ergründen, wo sich jetzt die Schmerzen in seinem Körper verborgen halten. Seine Finger drücken in das Fleisch. Er friert. Er steht auf, holt sich die Decke, die auf dem Boden vor seinem Bett liegt, und legt sie sich um die Schultern. Dann nimmt er seinen Platz wieder ein. Er hat nur wenig Hoffnung, an diesem Morgen seinen Darm zu entleeren, doch er setzt sich nochmals auf den Stuhl mit dem Nachtgeschirr. Seinen Golgathathron. Er will nicht die Liturgie seines Tages verletzen. Den vorgeschriebenen Kampfregeln entsprechen. Flucht ist hier nicht einmal eine Denkmöglichkeit. Die Feindlichen sind miteinander verwachsen. Gemeinsames Zeitenende, wer immer die tödliche Wunde erhält. In jedem Fall Selbstmord. Aber aus Gewohnheit schlägt man nach dem Gegner.

Wenn seine Bemühungen erfolglos bleiben, wird der Schmerz wütender beginnen. Unersättlich nach anderen Organen greifen. Und er ist bereit, sich nicht dagegen aufzulehnen, zu gehorchen.

Die Verbeugung vor Port-Royal war keine Heimkehr gewesen, kein Kniefall eines gealterten, reuigen Mannes. Das erbärmliche Schauspiel des verlorenen und wiedergewonnenen Sünders wird er Versailles und Paris nicht geben. Er ist kein La Fontaine, meine Herren. Das Kloster gehört zu seinem Leben, und er wollte die wenigen Striche, die diesem Bild seines Anfanges noch fehlten, mit der versöhnenden Geste hinzufügen. Auch dann, wenn dieser Schritt sowohl vom Hof wie von seinen alten Freunden und Erziehern mißdeutet wird, selbst dann, wenn sich unsinnige Mutmaßungen daran schließen. Die Enttäuschung, die Versailles für ihn, einen kranken Mann, geworden ist, hat vielleicht sein Entgegenkommen befördert. Doch er kehrt nicht zurück.

Er zieht seinen Bauch zusammen. Die Augen hält er geschlossen. Für Sekunden vermeidet er es zu atmen und lauscht. Die Därme sind regungslos und still. Er spürt, wie sich auf seiner Stirn Schweißtropfen bilden.

Trotz der Krankheit fühlt er sich kräftig. So kräftig und unbeugsam wie in jenem Jahr, als er Catherine heiratete, die er nicht liebte, und Marie verließ, deren Atem er noch heute zu verspüren meint. Er verließ sie an dem Tag, an dem er beschlossen hatte, eine Arbeit zu beenden, weil er nicht weiter imstande war, länger zu warten. Zu hoffen. Er schloß sie ab wie einen Brief, an dem man lange geschrieben und so viele neue Blätter hinzugefügt und so oft die einzelnen Worte und Buchstaben verbessert, ausgewechselt und nachgezogen hatte, bis man unversehens, aber nicht unerwartet erfuhr, daß es keinen Adressaten mehr gibt, keinen. Nicht für seinen Brief. Damals meinte er, mit Masken zu sprechen, mit freundlichen Masken, hinter deren Augenhöhlen der Wind des Vergessens längst seine gründliche Säuberung vollzogen hatte. Die Tränen, die er über die Masken laufen sah und die überdeutlich Spuren in der Schminke hinterließen, gaben ihm keine Antwort. Sie waren die Hinterlassenschaft eines versickerten Lebens, nur für wenige Momente noch sichtbar.

Er flieht blindlings. Was hat er schon einzutauschen! Am

gleichen Tag, an dem er die für ihn lange unerklärliche Herkunft der Tränen begriff und er seine Zwiesprache mit den ausgestorbenen Augenhöhlen abbrach, verabschiedet er sich von Marie de Champmeslé und heiratet wenige Monate später Catherine, die er kaum kennt und nie geliebt hat. Sie war ihm von seinem Beichtvater empfohlen worden, und er hatte sogleich um sie angehalten. Er wollte von einem Tag auf den anderen den Zögling des Paters, das aufrichtige, haushälterische Mädchen, heiraten. Schnell, nur schnell. Eine Flucht, deren Ziel ihm barbarisch erscheint. Er heiratet eine Unbekannte.

Über zwanzig Jahre lebt er mit ihr zusammen. Er schätzt Catherines Ruhe und Ausgeglichenheit, ist erfreut, wenn er sie mit den Kindern spielen sieht, und dankbar, wenn sie nachts, von seinem unruhigen Schlaf geweckt, in sein Zimmer kommt, ihn fragt, ob er Schmerzen habe, um dann, nach seinem unwilligen Brummen, wortlos aus dem Raum zu gehen. Sie ist ihm ein Freund geworden, den er nicht entbehren will. Er achtet sie, die Mutter seiner sieben Kinder. Aber er liebt sie nicht.

Marie hat er verlassen, um sich loszureißen von dem, was er, er wußte es damals bereits, bald schmerzlich vermissen würde. So war er rücksichtslos gegen sich und andere geworden, nur, um nicht zu zögern. Um nicht an seiner für ihn ungeheuren und entsetzlichen Entscheidung zu zweifeln.

Er hat die Schauspielerin Marie de Champmeslé nicht vergessen. Er wollte es nicht. Sie sahen sich selten und in den vergangenen zehn Jahren ein einziges Mal. Und doch ist er seit ihrer Trennung mit ihr zusammen: in seinen Selbstgesprächen spricht er mit ihr, bei seinen Mahlzeiten, die er immer häufiger allein in seinem Zimmer einnimmt, sitzt sie neben ihm. Und die Qualen, die ihm seine Krankheit verursacht, sind ihm dann wie ein wehmütiges Erzählen mit seiner Geliebten. In den schlaflosen Nächten liegt sie bei ihm, eine noch immer dreißigjährige Frau neben einem gealterten Mann. Er spürt auf dem nicht mehr zu erwärmenden Laken ihren Atem. Seine Hände formen ihre Brüste, bilden streichelnd ihr Haar, berühren ihre Haut. Spöttisch und voller Stolz blickt sie auf ihn, während er tastend nach ihrem Bauch sucht, gierig nach dem Geruch ihres Körpers. Mit geschlossenen Augen liegt er, von der Krankheit zusammengekrümmt, in seinem Bett. Seine Hände streicheln das Laken. Er flüstert mit ihr. Und nur seine Beine bleiben tot und starr. Leblos und unbewegt wie die hölzernen Ruinen des verbrannten Waldes bei Neerwinden. Ein schwarzes Gehölz. Sein Flüstern ist zärtlich. Es sind die altersgeilen Worte eines Mannes, der sich einsam und verlassen fühlt. So verlassen, daß er mit kindischen Worten, mit dem Ton seiner Stimme die Geliebte in seinem Zimmer, seinem Bett erschafft.

Im vergangenen Jahr starb Marie de Champmeslé. Catherine brachte ihm die Nachricht und erstaunte, daß er ihren Tod gleichmütig hinnahm. Aber die alte Dame, die man ins Grab legte, war nicht seine Marie. Seine ist jung und hat ihn auch nach ihrer Trennung nicht verlassen.

Racine zieht die Decke fester um sich. Da er spät aufgestanden ist und Therese bis jetzt nicht geheizt hat, ist der Raum ausgekühlt. Wie lange sitzt er schon? Er erhebt sich und wirft einen vorwurfsvollen Blick auf den Stuhl. Die intime Blechschüssel. Er tritt hinter dem Paravent hervor, um sich anzukleiden. Setzt sich auf sein Bett, zieht die Hosen über, die Strümpfe. Dann nacheinander die Spitzenmanschetten, die Krawatte, die Weste, den Leibrock. Allmorgendliche Herstellung einer Person, die ohne diese Ergänzungen unfertig wäre. Das Hemd wird aus der Nacht übernommen. Er geht zur Tür und bittet Therese um das Frühstück. Als sie mit dem Tablett hereinkommt, hat er sich gerade in die hochhackigen Schuhe gezwängt. Das Mädchen stellt das Tablett auf den kleinen Tisch vor dem

Fenster und wirft einen fragenden Blick auf den Paravent. Racine schüttelt den Kopf: erleichtert ist nur Therese. Sie geht zum Kamin, kauert sich davor. Aus dem Kupferkessel nimmt sie Holzscheite, Zunder, legt sie auf den Kaminbock. Racine, vor dem Frühstückstablett, wartet, bis Therese das Feuer entzündet. Er bittet sie, Laharpe zu bestellen, daß er eine Kutsche benötigte. Als das Mädchen sein Zimmer verläßt, betrachtet er die Speisen auf dem Tischchen. Er spürt bei ihrem Anblick, wie sich sein Magen schließt. Sein Inneres bäumt sich auf bis zur Übelkeit. Weigert sich, seinen Gaumenkitzel zu verdauen. Die Feindschaft ist gesetzt: er darf nicht essen. Seine Hand greift nach dem Weißbrot, betastet es, zerkrümelt es. Da sein Körper die Nahrungsaufnahme verweigert, sollen seine Finger das warme Brot kosten. Befingern, wo nichts zu essen bleibt. Er hat immer gern gegessen, mit Leidenschaft und, seit er in Paris wohnt, die Feinheiten ausgedehnter Mahlzeiten lieben gelernt. In seinen besten Jahren hat er oft nur einmal am Tag, zu Mittag, gespeist, aber dann über drei, vier Stunden. Er aß zumeist mit Freunden vom Hof: seine Pariser Bekannten sind durch ihre geschäftlichen Pflichten zu einem starren Tagesablauf gezwungen, der ihnen solche lukullische Zeitverschwendung nicht gestattet. Sie speisen in der Regel allein und hastig, was Racine die unbegreifliche moderne Barbarei nennt. Auf spöttische Bemerkungen Maries bezüglich seiner ungehemmten Eßgier hatte er ihr einmal scherzend erwidert, dies sei schließlich der Grund für ihn gewesen, das Kloster zu verlassen und nach Versailles zu gehen.

Sein Appetit ist auch jetzt nicht geschwunden. Er läßt sich jede Mahlzeit servieren in der Hoffnung, den rebellischen Körper zu überlisten. Doch nur selten kann er essen und dann wenige, ihm fad erscheinende Speisen.

Racine hat das weiße, warme Brot zerkrümelt. Er säubert die Finger mit der Serviette und beendet die Zeremonie seines Frühstücks. Zum erstenmal an diesem Tag sieht er nach der Uhr auf dem Kaminsims. Gelassen stellt er fest, daß er für diese Zeit ins Schloß bestellt ist. Auch erstaunt, weil nicht mehr beunruhigt. Das ist die Pädagogik des Darms. Er nimmt die Allongeperücke vom Holzgestell, dem Nachtkopf, herunter. Geht mit ihr zum Spiegel und setzt sie sich dort auf. Auch sein Bartwuchs beginnt nachzulassen. Dennoch, ein grauer Schimmer liegt auf dem Kinn und dem nicht von der Perücke bedeckten Teil der Wangen. Mit einem Puderquast bestäubt er sein Gesicht, klopft den weißlichen Puder mit den Fingerspitzen in die Haut. Er betrachtet sich. Das aufgeschwemmte Gesicht eines Versailler Beamten blickt aus dem Spiegel. Guten Morgen, Sire. Eine vergnügte Verbeugung. Wer will hinter diesem Kerl den Autor der Hetzschrift vermuten, die den Hof aufgeschreckt und ungezählte Gerüchte über ihren mutmaßlichen Verfasser hervorgebracht hat. Jedenfalls ist ihm nichts nachzuweisen.

Auf diese wenigen Druckseiten *Das Elend des Volkes* ist er stolz. Man hatte ihn sehr bald in Verdacht. Zusammen mit der Handvoll Köpfe. Wer denn auch sonst! Und Ludwig ließ ihn – ohne explizit auf den Gegenstand der Affäre einzugehen – seine Verärgerung spüren. Aus einigen Angaben war wohl leicht zu folgern, wo der Autor zu suchen sei, da sie nur den Historiographen und ihnen Nahestehenden zur Kenntnis gelangen konnten. Dabei ist der Hauptteil der Schrift keineswegs sein Verdienst. Die Beschreibungen und Darstellungen, die Schilderungen der Zustände im Land wiederholten nur das, was andere Geheimbroschüren, die man in Paris handelt, schon berichtet haben. Wo soll auch er, der Geschichtsschreiber des Hofes, diese Tatsachen in Erfahrung bringen, wie etwas aufzeigen, was er nur in Luxemburg, in den Niederlanden flüchtig wahrgenommen hat! Nein, sein Anteil *am Elend des Volkes* ist gering. Aber die Wirkung der Bogen befriedigt ihn. Versailles hat sie zur

Kenntnis nehmen müssen. Sie waren nicht mit einem Lächeln, einer Bemerkung an die Pariser Polizei fortzulegen, denn es war unübersehbar, daß ein Höfling der Autor sein mußte.

Die Nachricht, daß eine Denkschrift im Schloß erschienen war, verbreitete sich in der Stadt und führte zu einer Flut anklagender Pamphlete. Sie wurden für kurze Zeit fast öffentlich gehandelt, und erst ein verstärktes polizeiliches Aufgebot trieb Autoren und Kunden dieser Ware wieder in ihre Schlupflöcher.

Racine prüft die Perücke, sie sitzt fest. Aus dem Schrank nimmt er einen Mantel heraus und den Bicorneshut und verläßt das Zimmer. Therese kommt ihm entgegen, hilft ihm in den Mantel. Er fragt, ob die Kutsche gekommen sei, und bittet sie, ihn bei Catherine zu entschuldigen. Er sei in Eile, sie könne ihn am späten Nachmittag zurückerwarten. Er tritt auf die Straße.

Die Rue de Macons ist verschneit. Ein Kutscher von Laharpe steht neben den Pferden, stampft mit seinen Füßen auf, um sich zu erwärmen. Sein Gruß bleibt unbeantwortet. Als Racine in die geschlossene Karosse steigt, hilft er ihm das Treppchen empor und schlägt die Tür zu. Zum Schloß, hatte Racine gesagt. Und er möchte nicht zu hastig fahren.

Racine lehnt sich an die karmesinrote Polsterung der Rückwand und schließt die Augen. Die Pferde traben ruhig über den frisch gefallenen Schnee. Die Kutsche verläßt Paris.

Er will schlafen. Schlafen, um die Schmerzen einzuschläfern, die sich während der Fahrt melden werden. Er muß an Boileau denken. Sein Freund wird völlig erblinden, der Arme. Wenn er nicht zuvor stirbt, was wahrscheinlicher ist. Er bemüht sich, die Erinnerung an ihn zu verscheuchen. Er will an nichts denken. Nur schlafen.

Sie erreichen Versailles. Die Kutsche durchfährt die Stadt, um sie in Richtung des Schlosses zu verlassen. Am

Nordflügel der Residenz fahren sie vorbei. Als die Wagenräder über das Pflaster des Place d'Armes rollen, beginnt die Karosse heftig zu schaukeln. Racine schreckt auf, bedeutet dem Kutscher, langsamer zu fahren, langsamer.

Die Sonne steht über dem Marmorhof, eine fahle, kalte Wintersonne. Eher ein abgegriffenes Geldstück als Ludwigs Rhodiserschmuck. Eine bemerkenswerte Rechnungsführung: bei schlechter Kasse sich zum Monarchen außerirdischer Körper zu ernennen. Der Himmel gibt unbegrenzten Kredit. Racine lehnt sich wieder zurück.

Er spürt, wie der Schmerz hochsteigt. Vor dem kleinen, vorderen Fenster sieht er die in Decken gehüllte Gestalt des Kutschers. Racine kennt ihn. Er ist schon mehrmals von diesem Angestellten Laharpes gefahren worden. Ein Mann von seinen Jahren, auch ein wenig beleibt. Aber gesund. Gesund wie ein Kutscher sein, denkt er. Ihm fällt das Schimpfwort ein, mit dem dieser Mann die Spaziergänger zu verwünschen pflegt: Provinzaffen. Racine kichert und wiederholt das Wort. Provinzaffen, Provinzaffen. Seine Hand drückt auf den schmerzenden Leib. Er weiß, am Abend wird er eine Stunde auf seinem Nachtgeschirr verbringen müssen. Schweißgebadet. Und wieder wird er Blut finden. Doch jetzt kichert er immer nur wieder: Provinzaffen. Das bloße Aufsagen des Wortes erleichtert ihn, Affenprovinz fällt ihm ein. Er lacht meckernd und flüstert abwechselnd. Affenprovinz, Provinzaffen, Affenprovinz.

In dem schmalen Wagenfenster wächst die Mauer des Schlosses, bis der schneeige Himmel völlig von den Versailler Wänden verdeckt ist. Racine bemerkt es nicht. An die gepolsterte Rückwand gelehnt, die Hände gegen den quälenden Unterleib gepreßt, wiederholt er immer wieder mit einfältiger Freude die beiden Worte. Zusammengekrümmt sitzt der alte Mann in der Karosse, kichert und lächelt, bis sein Gefährt stehenbleibt. Er ist angekommen.

# Aus: Ein Album Berliner Stadtansichten

## Friederike, Martha, Hilde

Friederike war die vierte Tochter eines selbständigen Müllkutschers aus der Sedanstraße in Weißensee. Mit siebzehn heiratete sie einen zwanzig Jahre älteren Mann, Posamentier und Teilhaber einer kleinen Kellerwerkstatt in der Franz-Joseph-Straße, der das lebhafte Mädchen zärtlich umwarb und ihre Zuneigung gewann durch seine geduldige Nachsicht gegenüber ihren Streichen und Scherzen, die auch den glatzköpfigen Bewerber nicht verschonten. Seine zahlreichen Geschenke, hauptsächlich eigen gefertigte Handarbeiten, Schnüre, Borten und textile Besätze, mögen das leicht zu begeisternde Mädchen beeinflußt haben, für ihre Einwilligung zur Eheschließung war der Wunsch ausschlaggebend, der Zweizimmerwohnung zu entfliehen, in der sie mit sieben Geschwistern, zwei ältere Schwestern waren bereits verheiratet, und den Eltern wohnte. Der Vater, der ihren Bräutigam und Ehemann stets abfällig als jiddischen Posamenter bezeichnete und dessen Arbeit als schnakische Weiberbeschäftigung, gab seine Zustimmung, um einen Esser weniger im Haus zu haben; und obgleich sich der Handwerker der Familie seiner Frau zuliebe hatte taufen lassen, und trotz ihrer Gleichaltrigkeit hielt sich zwischen den Männern das unvertrautere Verhältnis des Schwiegersohns zum Vater der Frau.

Die Ehe blieb kinderlos, ein Umstand, der dem älter werdenden Mann immer schmerzlicher wurde; jedoch er drängte seine Frau nicht, Ärzte und Bäder aufzusuchen, da die in der Ehe verwöhnte und launisch gewordene Friederike damit zufrieden schien und ihre aus dem Elternhaus mitgebrachte Unlust gegen zu versorgende Gören sich nicht verloren hatte. Man war zu kleinem Wohlstand gekommen, und Friederike, die in den ersten Ehejahren Heimarbeiten für die Werkstatt ihres Mannes ausführte, konnte sich später allein der Vervollkommnung ihrer Wohnungsausstattung widmen.

Das als Hauptstadt des Deutschen Reiches aufblühende Berlin brachte auch der Posamenterie des Ehemannes wirtschaftliche Erfolge. Die Werkstatt war infolge des Todes seines Kompagnons und nach Auszahlung von dessen Witwe in seinen alleinigen Besitz übergegangen, der Versand der Waren vervielfältigte sich, und man konnte den Betrieb auf acht Angestellte vergrößern. Auf Wunsch Friederikes zog man in eine geräumige Wohnung in der Charlottenburger Straße und nahm ein fünfzehnjähriges Mädchen aus Blumberg, einem Dorf in der Mark, als Haushaltshilfe zu sich.

Nach fünfzehnjähriger Ehe wurde Friederike, die ein wenige Monate dauerndes Verhältnis mit einem langaufgeschossenen, verpickelten Primaner, Sohn eines Bankiers und Warenhausbesitzers, eingegangen war, schwanger und gebar zur Jahreswende 1891 ein Mädchen, welches ihr Mann, der um das Verhältnis seiner Frau und die tatsächliche Vaterschaft wußte, auf den Namen Martha taufen ließ und mit großer Aufmerksamkeit und Freude umsorgte. War Friederike anfangs von dem mehr als verzeihenden Verhalten ihres Mannes überrascht und gerührt, verließ sie doch bald die Grenzen ihrer stillen Verachtung für den impotenten Mann, und der aufwachsenden Martha boten sich die häßlichsten Szenen ehelicher Entzweiung.

Vier Tage nach seinem neunundfünfzigsten Geburtstag starb der Posamentier und hinterließ seiner Witwe und der siebenjährigen Martha einen gutgehenden Betrieb mit ausgedehntem Versand. Friederike, die sehr wohl begriff, daß ihr kleiner Wohlstand der Werkstatt zu verdanken war, weigerte sich, diese zu verkaufen, und führte, mehr schlecht als recht, die Geschäfte weiter.

Weniger ihrer Unkenntnis des Handwerks als vielmehr einem auf übergroßen Gewinn ausgerichteten Geschäftssinn und ihrer völligen Unfähigkeit, mit Subalternen umzugehen und auszukommen, war es anzulasten, daß für die Posamenterie acht Jahre nach dem Tod ihres Mannes auf Betreiben der Gläubiger die Liquidation beantragt wurde. Die Angestellten hatten häufig gewechselt, man war genötigt, weniger gut ausgebildetes und arbeitendes Personal einzustellen, Friederike mutmaßte auch Veruntreuung, konnte aber erst bei der Auflösung des Geschäfts dafür Beweise erhalten.

Nicht unwesentlich für den Niedergang und schließlichen Ruin des Kleinbetriebes war eine gewisse Feindseligkeit oder doch ein äußerst zurückhaltendes Auftreten der Konkurrenten Friederikes. Das Viertel um den Weißen See bewohnten von je her jüdische Geschäftsleute, die die Konversion des Posamentiers mißbilligt hatten und in Friederike die verursachende und treibende Kraft für den Glaubensverrat sahen. So mußte die in der Ökonomie unerfahrene Witwe der Ratschläge und kleinen, in Geschäftskreisen üblichen und unerläßlichen Hinweise völlig entbehren, sie tätigte einige unglückliche Einkäufe, überschätzte die Kapazität der Werkstatt, konnte vereinbarte Termine nicht einhalten, und ihr wachsendes Mißtrauen verschreckte Angestellte und Abnehmer. Die Versandkunden andererseits waren bestes Material gewöhnt, wollten selbst zu niedrigeren Preisen die mangelhaften Produkte nicht übernehmen und kündigten die Verträge. Für die fliegenden Händler wiederum produzierte die Werkstatt zu aufwendig, hinzu kam, daß auch die Straßenhändler meist jüdischen Glaubens und nicht gewillt waren, bei einem Konvertiten zu kaufen und ehrsame jüdische oder altchristliche Geschäfte vorzogen.

Völlig verarmt, war Friederike dennoch nicht gewillt, das Prunkstück ihres Lebens, die Wohnung in der Charlottenburger Straße, aufzugeben, so daß sie mit der wieder begonnenen Heimarbeit, sie saß täglich zwölf Stunden und nähte, mehr für den Erhalt der Wohnung als den eigenen Unterhalt und den der fast erwachsenen Martha arbeitete.

Mit einundfünfzig Jahren heiratete Friederike einen Straßenbahnfahrer der Berliner Elektrizitätswerke und wurde zum zweiten Mal Witwe, als dieser sieben Jahre später in Frankreich fiel. 1926 starb sie an einer Rauchvergiftung; in ihrer völlig verwahrlosten Wohnung, die sie allein mit einer Katze bewohnte, war durch ihr Verschulden ein Schwelbrand ausgebrochen, den sie, um Unannehmlichkeiten mit dem Hausbesitzer zu umgehen, selber zu löschen versuchte.

Martha war ein unschönes, aber außerordentlich sanftes Mädchen mit großen, braunen Augen, und vollem, schwarzem Haar, die mit den Jahren ihrem uneigentlichen Vater, dem ersten Mann ihrer Mutter, immer ähnlicher wurde. Der Posamentier hatte bei ihrer Geburt ein Konto für sie eingerichtet, welches ausschließlich zur Bestreitung von Schulkosten bestimmt war und von der Mutter trotz ihrer Armut nie anderweitig genutzt wurde. Friederike hoffte, die Tochter vermittels einer gediegenen Bildung vorteilhaft zu verheiraten, wenn schon ihr Plan, die Erbin eines kleinen, aber prosperierenden Unternehmens mit dem Sproß einer finanzkräftigen, jüdischen Familie zu vereinen, an dem geschäftlichen Fiasko scheiterte.

So konnte Martha ein Bürgertochter-Gymnasium besuchen und die Höhere Handelsschule für Mädchen, um anschließend eine gutbezahlte Stellung als Sekretärin in der Schwermaschinenfabrik Niles anzutreten. Sie wurde eine geschätzte, weil zuverlässige Arbeitskraft und beliebte Kollegin, da sie sich als hilfsbereit und diskret erwies, wenngleich es ihr schwerfiel, eine Freundin zu gewinnen; die

Mutter, darauf bedacht, den früheren Wohlstand gegenüber der Umwelt zu behaupten, untersagte ihr, Besuch in der Wohnung zu empfangen, da das ausgewechselte Mobiliar und der Zustand der Räume, die ständig ratternde Nähmaschine, und die vielen Pappkartons mit den Stoffen und Garnrollen des Auftraggebers den wirtschaftlichen Ruin der Familie offenbarten. Aus demselben Grund verbot sich ein näherer Umgang mit den Nachbarn und Schulfreunden, und so schien für die noch nicht zwanzigjährige Martha ein altjüngferliches Dasein unausweichlich, als infolge der zweiten Ehe der Mutter verschiedene Veränderungen eintraten.

Der Straßenbahnfahrer, ihr Stiefvater, konnte zwar seine Frau nicht bewegen, die teure und ihm zu luxuriös erscheinende Wohnung gegen eine kleine, angemessene zu tauschen, ließ es sich aber nicht nehmen, Freunde und Arbeitskollegen mitzubringen, so daß die Mutter ihre ökonomische Misere nicht weiterhin kaschieren, andererseits sich mit der Tochter nicht von jedem gesellschaftlichen Leben fernhalten konnte. Ein Arbeitskollege des Stiefvaters, Schaffner einer elektrischen Straßenbahn, verwitwet und Vater eines dreijährigen Mädchens, verliebte sich in Martha. Sie zog zu ihm in seine Wohnung in der Zehdenicker Straße. Nach dem Ende des ersten Weltkrieges heirateten sie. Martha war zu dieser Zeit achtundzwanzig Jahre alt.

Sie führten eine sehr glückliche Ehe. Martha war in ihren gutaussehenden und gewandt auftretenden Mann mit dem kleinen Menjou-Bärtchen vernarrt; den vielfältigen Gerüchten, daß er sie häufig betrog, schenkte sie keinen Glauben oder nahm diese nicht wahr aus Furcht, ihn zu verlieren. Seine krankhafte, grundlose Eifersucht schmeichelte ihr anfangs, wurde ihr aber mit den Jahren lästig und stimmte sie ängstlich.

1921 wurde Hilde geboren; es folgten ihr im Abstand von zwei Jahren drei weitere Kinder, zwei Mädchen und ein Junge. Die Geburt des letzten Kindes komplizierte sich durch eine Senkung der Gebärmutter. Die Hebamme entschloß sich, einen Arzt zu rufen, der umgehend und in der Wohnung der Wöchnerin einen leichten operativen Eingriff vornahm. Der heimkehrende Ehemann erschrak über Marthas Gesundheitszustand, gleichwohl empörte ihn die Untersuchung seiner Frau durch einen männlichen Arzt, und er wies unter wütenden Beschuldigungen die noch anwesende Hebamme aus dem Haus.

Einen erneuten Besuch des Arztes verhinderte er, indem er an diesem Tag zu Haus blieb und trotz energischen Klingelns und Klopfens die Wohnungstür nicht öffnete. Taub für das Gebrüll des Arztes und das Gejammer der Hebamme, taub für das Wimmern und Weinen Marthas beharrte er darauf, daß kein Mann seine Frau zu berühren habe, daß er entschlossen sei, Unzucht notfalls mit Gewalt zu verhindern und man, wenn die derzeitige Hebamme unfähig sei, ihr Geschäft zu betreiben, eine andere kommen lassen werde oder eine Ärztin. Am darauffolgenden Tag brachte er seine durch hohen Blutverlust geschwächte Frau in das städtische Krankenhaus an der Landsberger Allee. Von der Aufnahmeschwester wurde sie umgehend in einen der Operationssäle gefahren, aber medizinische Hilfe kam zu spät, der amtierende Arzt konnte allein den Tod feststellen und offiziell bescheinigen.

Am 4. Oktober 1927 wurde Martha auf dem Friedhof der Auferstehungsgemeinde beigesetzt. Die drei älteren Kinder führte eine Schwägerin der Verstorbenen zum Grab. Der Ehemann fehlte bei der Feierlichkeit; er lag zu dieser Zeit infolge übermäßigen Alkoholgenusses besinnungslos in seiner Wohnung.

Bereits vier Tage nach der Beisetzung heiratete er standesamtlich seine dritte Frau, Rangiererin auf dem Straßenbahnhof in der Ackerstraße und Mutter eines neunjährigen Jungen.

Hilde gab man im Frühjahr des folgenden Jahres in den Haushalt der Schwester ihres Vaters. Die Ehe der Tante war kinderlos geblieben, und ihr Wunsch, eine Nichte aufzuziehen, kam dem neuverheirateten Paar gelegen, das mit den fünf Kindern zu beengt wohnte.

Hildes Pflegeeltern arbeiteten beide gleichfalls bei der Berliner Verkehrsgesellschaft, sie als Putzfrau, ihr Mann als Schaffner. Das Kind wurde von ihnen begeistert aufgenommen und in den Jahren, die es bei ihnen wohnte, umsorgt und verwöhnt. Der Tante gefiel es, das Mädchen herauszuputzen, und der ältere Mann machte keinen Spaziergang, bei dem ihn nicht Hilde zu begleiten hatte. Größten Wert legte man auf eine gute Erziehung des Kindes, worunter man vor allem eine differenzierte Bestrafung aller Fehler und Versäumnisse verstand, so daß die in der Schule schwer begreifende Hilde regelmäßig am Samstag geschlagen wurde, wobei der Onkel, um die korrekte Erziehung und die Angemessenheit der Strafe dem Mädchen gegenüber zu betonen, ruhig und freundlich mit ihr sprach und die Schläge mit dem Siebenriemer, einem kurzen Stock, an dem mehrere dünne Lederstreifen befestigt waren, ausführte. Auch zwang man Hilde, Onkel und Tante mit Papa und Mama anzureden, wogegen sich das Kind über ein Jahr lang heftig und unter Weinkrämpfen sträubte.

1935 kam sie in das Internat einer Haushaltsschule des Bundes Deutscher Mädchen, gelegen im Potsdamer Forst, am östlichen Ufer der Havel. Die Delegierung konnte als eine Auszeichnung gelten, die auf Betreiben des Onkels zustande kam. Er war bereits 1932 der Nationalsozialistischen Deutschen Arbeiterpartei beigetreten. Hilde blieb drei Jahre in dem Internat und wurde vor allem in jenen Fächern ausgebildet, die eine deutsche Frau in dieser Zeit zu beherrschen hatte: Kochen, Nähen und nationalsozialistische Staatskunde.

Es waren, wie sie sich später erinnerte, die heitersten Jahre ihres Lebens.

Der vollständig organisierte Tagesablauf der Mädchen war für Hilde beglückend, da sie erstmals seit ihrer Kindheit ein oder zwei Stunden am Tag hatte, die ihr allein gehörten und in denen sie sich beschäftigen konnte, ohne das ständige, bedrückende Gefühl, ihre Pflichten zu vernachlässigen.

Das Übermaß ideologischer Unterrichtung störte die Halbwüchsige nicht, vielmehr gab ihr das widerspruchsfreie und leicht erfaßbare Weltbild eine nicht gekannte Sicherheit, so daß sich die verlegene und unbeholfene Hilde bereits nach einem Jahr zu einer der besten Schülerinnen entwickelte. Mit verständnisvollem Lächeln mußten ihre Lehrerinnen häufig das schnell sich ereifernde Mädchen besänftigen, das, eine fanatische Hüterin deutscher Staatstreue und unnachsichtig gegenüber den eigenen Schwächen und den Fehlern der Kameradinnen, erbarmungslos jegliches Versäumnis geahndet wissen wollte. Ein dumpfer, gefühlsmäßiger Antisemitismus, den ihr die Großmutter Friederike, gleichwohl sie selbst in erster Ehe mit einem Juden verheiratet war, in ihrer letzten Lebenszeit mit wütenden Verdammungen jüdischen Geschäftsgebarens vermittelt hatte, gab Hilde zusätzlich eine schon sinnlich zu nennende Übereinstimmung mit der herrschenden Lehre und führte sie zu schwärmerischer Anhänglichkeit an die staatlich ausgewählten Lehrerinnen.

Die Internatszeit wurde 1938 abrupt beendet, als die Leitung der Schule über den jüdischen Großvater Hildes Kenntnis erhielt und sie aus der Einrichtung des Mädchenbundes entfernen ließ.

Sie wurde wieder im Haushalt des Onkels aufgenommen, wenngleich die Entdeckung der Schulleitung diesen tief erschütterte. Er liebte das angenommene Mädchen nach wie vor, begegnete ihr aber mit Mißtrauen und Wachsamkeit, um, wie er sagte, den Juden in ihr aufzuspüren und auszutreiben. In seinem Betrieb, er war inzwischen zum Generalschichtleiter des Straßenbahnbezirks Innere Stadt-Südost aufgestiegen und mit seiner Frau in eine komfortable Wohnung am Mariannenplatz gezogen, versuchte er durch forsches Auftreten und betonte Willfährigkeit den häuslichen Makel zu löschen.

Hilde nahm eine Stellung als Köchin in der Neuen Charité an. Heimlich verlobte sie sich mit dem gleichaltrigen Sohn eines Spirituosenfabrikanten aus Lichtenberg. Ihr Onkel stimmte einer Heirat nicht zu und kündigte an, bei Ungehorsam ihrerseits sie mittels staatlicher Hilfe, die man einem verdienten Parteigenossen gegenüber einer Vierteljüdin gewähren würde, aus rassischen Gründen zum Eheverzicht zu zwingen. Er verbot ihr auch, sich mit dem Verlobten zu treffen, da er diesem andernfalls an die Front verhelfen würde.

Der junge Mann, der in Erwartung des väterlichen Erbes keiner Beschäftigung nachging und sich allein seiner Liebe und seinen harmlosen Vergnügungen widmete und deswegen den heftigen Widerwillen des Onkels erregte, der seine Pflegetochter dem ärmsten Straßenfeger, aber keinem Müßiggänger anvertrauen wollte, verzweifelte bei der Nachricht, die ihm Hilde bei ihrem letzten Zusammentreffen überbringen mußte. Er, den sein Vater vom Wehrdienst freigekauft hatte, meldete sich freiwillig beim Wehrkreiskommando des Wohnbezirks, kam bereits ein halbes Jahr später an die Ostfront und fiel nach wenigen Tagen, am 24. Oktober 1942, während eines nächtlichen Angriffs auf ein russisches Dorf.

Seine Eltern übergaben Hilde ein für sie bestimmtes Kuvert, das man blutdurchtränkt in der Uniformjacke des toten Soldaten gefunden hatte. Der Umschlag enthielt neben zwei rubingeschmückten Eheringen, mehreren Fotos und vertrockneten Blumen einen fünfzehnseitigen Abschiedsbrief, in dem der Gefallene Hilde seine von Gott gegebene Frau nannte.

Hilde übernahm nach dem Tod ihres Verlobten freiwillig eine zusätzliche Schicht, so daß sie täglich zwölf Stunden in der Küche arbeitete und nach wenigen Monaten zur stellvertretenden Küchenleiterin ernannt wurde. Im Sommer des darauffolgenden Jahres erlitt sie einen Nervenzusammenbruch und mußte nach klinischer Behandlung dreizehn Wochen daheim bleiben. Sie heiratete Weihnachten 1944 einen kriegsinvaliden Monteur, den sie auf einem Gartenfest der Straßenbahngesellschaft ihres Pflegevaters kennenlernte, überstand hochschwanger das Ende des dritten deutschen Reiches und die unruhigen ersten Wochen des Waffenstillstandes und gebar im Juni einen Sohn, den sie nach ihrem gefallenen Verlobten Walther nannte.

Das Kind erwies sich nach wenigen Wochen als debil. Die Ärzte vermuteten bereits zu dieser Zeit völlige Bildungsunfähigkeit und machten Hilde darauf aufmerksam, daß die Lebenserwartung ihres Sohnes minimal sei. Nach zehnmonatiger Ehe verließ ihr Mann sie, da sie sich weigerte, das kranke Kind in ein Heim zu geben. Entschlossen kämpfte sie um das Leben ihres Sohnes und konnte in halbjährlichen Abständen den erstaunten Ärzten ein gut gedeihendes, wenn auch lethargisch regloses Kind vorzeigen. In dieser Zeit arbeitete sie als Trümmerfrau, wobei sie von Onkel und Tante finanziell und durch zeitweise Betreuung des Kindes unterstützt wurde.

Anfang der fünfziger Jahre zog sie in eine Dachwohnung, von wo aus man jenen Friedhof vor Augen hatte, auf dem ihre Mutter beigesetzt war; sie wurde Briefzustellerin bei der Deutschen Post, eine Arbeit, die ihr die Pflege des Sohnes ermöglichte.

Wenn sie den morgendlichen Rundgang beendet hatte, ging sie nach Hause, holte ihren Sohn aus dem Bett und setzte ihn an das geöffnete Fenster, von dem aus er täglich zu seiner größten Freude auf die Straße sah und mit den vorübergehenden Leuten sich unterhielt, wenn diese ihn auch nicht beachteten und seine Stimme nicht hörten. Hilde bereitete währenddessen das Mittagessen, trug den Sohn an den Tisch und setzte sich nach der Einnahme der Mahlzeit mit ihm an das Fenster. Dann legte sie ihn ins Bett, um noch einmal für vier Stunden in ihrer Dienststelle zu arbeiten, und am Abend wiederholten sich die häuslichen Verrichtungen.

Ihren früheren Mann traf sie häufig, da er in ihrem Zustellbezirk wohnte; er hatte mit seiner zweiten Frau ein gleichfalls debiles Kind gezeugt und wünschte, wie er versicherte, wieder mit Hilde zusammen zu leben, was sie als lächerlich und nichtswürdig empfand.

Ihren gealterten Vater traf sie nach Jahren am Grab der Mutter. Der zittrige Mann hatte sich ihr genähert und sie verwundert und erschreckt mit Martha angeredet. Sie hatte ihm schroff erwidert, daß sie nicht Martha, sondern Hilde sei, woraufhin er sie klagend fragte, weswegen sie mit ihm böse sei. Hilde hatte ihm geantwortet: Ich kenne Sie nicht, mein Herr! und den Friedhof verlassen.

Zweimal wurde sie ausgezeichnet als Aktivist der sozialistischen Arbeit; die Einladung des Magistrats zu einem geselligen Beisammensein ehemaliger Berliner Trümmerfrauen, bei dem man der dreiundfünfzigjährigen Hilde eine Medaille überreichte, rührte sie zu Tränen.

Ihr Sohn Walther starb mit sechsundzwanzig Jahren an der Zuckerkrankheit. Sie nahm seinen Tod gelassen auf, beruhigt von dem Gedanken, daß nach ihrem eigenen Tod keiner für den Kranken sorgen müsse.

Hilde selbst starb fünf Jahre später.

Dem sie anläßlich eines Dienstjubiläums besuchenden Journalisten eines Lokalblattes erwiderte sie auf eine entsprechende Frage, ihr Leben sei durchschnittlich und zufriedenstellend verlaufen, Ungewöhnliches sei nicht zu berichten.

## Die Witwe eines Maurers

Auf dem Waldfriedhof an der Wuhlheide in Oberschöneweide wurde in der letzten Septemberwoche eine achtundsiebzigjährige Frau beigesetzt, die, nicht gewillt an den politischen Parteiungen, Kämpfen und Verbrechen ihrer Zeit teilzuhaben, auf eine so eigentümliche Weise in ein halbes Jahrhundert deutscher Geschichte verstrickt war, daß sie, von ihren Bekannten als bedauernswert und schamlos zugleich angesehen, in den letzten Lebensjahren ihre Wohnung kaum zu verlassen gewagt hatte.

Diese Frau heiratete im Jahre 1918 einen aus dem Krieg zurückkommenden Maurer, der ein halbes Jahr später in den Berliner Märzkämpfen erschossen wurde. Er hinterließ seiner Frau ein noch ungeborenes Kind und das Mitgliedsbuch der Kommunistischen Partei Deutschlands.

Ein Arbeitskollege und Genosse des Toten riet der verzweifelten, mittellosen Frau, eine Kriegerwitwenrente zu beantragen und der Behörde anzugeben, ihr Ehemann sei als unbeteiligter Passant von der verirrten Kugel einer der kämpfenden Parteien getroffen worden. Ihr Anspruch wurde anerkannt, und die Weimarer Republik zahlte ihr monatlich einige Mark.

Das dritte deutsche Reich übernahm ungebeten die Zahlungen. Zum stillen Erschrecken der Frau versäumte es das Regime nicht, gelegentlich in dem Propagandamaterial des Nazistaates, für das man den traditionellen Namen Zeitung beibehalten hatte, ihres toten Ehemannes zu gedenken als eines Opfers der Roten und Märzverbrecher. Die Ehrenrente wurde erhöht, und die Witwe, um ihr Leben fürchtend, wagte nicht, Einspruch zu erheben.

Fünf Jahre nach Kriegsende suchte der aus dem KZ

heimgekehrte Genosse ihres Mannes die zurückgezogen lebende Frau auf und ließ sich trotz ihrer eindringlichen Bitten nicht davon abbringen, den neuen Behörden die Wahrheit über den Tod des Maurers zu berichten. Einen Monat später war sie als ein Opfer des Faschismus in den Akten registriert und erhielt eine Rente des sozialistischen deutschen Staates. Sie versuchte, diese abzulehnen, jedoch der Beamtin erschienen ihre Beweggründe nicht überzeugend, und um das aufkommende Mißtrauen zu entkräften, sie habe sich von der Tat und Haltung ihres gefallenen Mannes distanziert, willigte sie schließlich ein.

Sie wechselte den Wohnsitz, wich ihren Freunden aus, vermied es, mit neuen Bekannten über ihr Leben zu sprechen, und verärgerte die sie betreuende Behörde, da sie allen Treffen der ehemalig Verfolgten und Opfer des Faschismus fernblieb.

Als sie starb, konnten sich mehrere Nachbarn ihrer nur erinnern als einer scheuen, verängstigten Frau, die mit eingezogenem Kopf über die Straße huschte, um ihre kleinen Besorgungen zu erledigen.

## Die Familiengruft

Onkel Eugen war Schauspieler im Theater an der Kommandantenstraße. Da er häufig in musikalischen Lustspielen auftrat, wurde er von der Familie bewundernd und ein wenig herablassend der Buffo genannt. Wie es hieß, hatte er eine zarte und doch sichere Stimme. Die wenigen überlieferten Fotos zeigen ihn in seinen Bühnenrollen: eine herausgedrückte Brust, aufgerissene Augen, Bärtchen oder Vollbart und ein selbstbewußtes Lächeln. Er hatte eine Frau, Tante Rosa, die als Näherin arbeitete, und drei Kinder, die nach den Berichten der Verwandten alle künstlerisch äußerst begabt und vielversprechend waren.

Am 10. November 1938 wurde mein Onkel gemeinsam mit drei anderen Schauspielern des jüdischen Theaters verhaftet und in Polizeigewahrsam verbracht, von wo aus er vier Tage später in das Konzentrationslager Ettersberg übergeführt wurde. Zwei Wochen nach seiner Verhaftung erschien er wieder bei seiner Familie in Berlin. Man hatte ihm, der, verschreckt durch die im Konzentrationslager kursierenden Gerüchte über die judenfeindlichen Absichten der Nazis, eine so schnelle Rückkehr zu seiner Familie nicht erwartete, erklärt, daß er lediglich in Schutzhaft genommen war und nun, nachdem die Erregung seiner deutschen Mitbürger über die Mordtat des Herschel Grynszpan an dem Parteigenossen Herrn von Rath in Paris nachließ und jedwede Ausschreitungen gegen Juden strengstens verboten waren, wieder ungestört seiner Tätigkeit nachgehen könne. Er selbst konnte sich seine Entlassung nicht erklären, zumal andere Häftlinge, Bekannte, mit ihm verhaftet und abtransportiert, nicht nach Berlin zurückkehrten.

Seine Befürchtung, nicht weiter als Schauspieler arbeiten zu können, war unbegründet. Das Theater in der Kommandantenstraße blieb geöffnet; man spielte nun vor allem Lustspiele und Operetten, wenn auch vor einem stark reduzierten Publikum.

Im Frühjahr des Jahres 1939 stellte mein Onkel einen Auswanderungsantrag. Er hatte bereits vor einigen Jahren eine Emigration erwogen, doch da er befürchtete, als deutschsprechender Schauspieler im Ausland kaum Auftrittsmöglichkeiten zu haben, gab er diesen Plan zu jener Zeit auf. Entscheidend dafür war auch der Rat einiger Freunde aus dem Reichsbund jüdischer Frontsoldaten, die ihm geradezu untersagten, aus Deutschland zu desertieren und damit die um sich greifende Hysterie einiger Glaubensbrüder zu unterstützen.

Auf seinen Antrag, Deutschland zu verlassen und in die

Vereinigten Staaten von Amerika zu übersiedeln, erhielt er keine Antwort.

Im Mai des Jahres 1941 besuchte ihn mein Vater, den eine Dienstreise nach Berlin führte. Er berichtete, daß die Familie des Onkels zurückgezogen lebe und so ärmlich, daß er ihnen finanzielle Unterstützung angeboten habe, was man ihm, dem schlesischen Hungerleider, jedoch abschlug. Onkel Eugen erzählte ihm, daß die Ausreiseanträge von Juden jetzt immer häufiger ablehnend beschieden oder, wie in seinem Fall, nicht beantwortet würden. Er sprach auch von neuerlichen Pogromen, bei denen zwei Freunde, Schauspieler wie er, mißhandelt wurden. Er selbst habe Angst, gestand er meinem Vater.

Wie mein Vater weiter berichtete, habe es ihn unangenehm berührt, daß Onkel Eugen trotz der sorgenvollen Nachrichten heiter und übermütig war, vor ihm und den Kindern Zauberkunststücke zeigte und nach dem Kaffee sich sogar an den Flügel setzte und ein sehr anzügliches Couplet sang.

Mein Vater war der letzte der schlesischen Verwandtschaft, der Eugen und Rosa Kreindler und ihre Kinder sprach. Elf Wochen nach diesem Besuch war die Familie verschwunden. Anfängliche Befürchtungen, daß die Gestapo sie abtransportiert habe, wurden durch die intensive polizeiliche Suche nach ihnen bald zerstreut; die Verwandten hofften, daß der Familie Kreindler die Flucht ins Ausland irgendwie gelungen sei.

Zweiunddreißig Tage nach ihrem Verschwinden wurden Onkel Eugen, Tante Rosa und ihre Kinder Valeska, Richard und Betty in der Gruft der Familie Loewenfeld auf dem jüdischen Friedhof in Weißensee tot aufgefunden. Nachforschungen über ihre letzten Tage blieben unvollständig. Den Aussagen von Bekannten, Nachbarn und Gemeindemitgliedern zufolge ist anzunehmen, daß mein Onkel sich im Juni entschloß, zusammen mit seiner Familie in die verdeckte Familiengruft Loewenfeld zu ziehen, um der erneut drohenden Deportation zu entgehen. Ungeklärt bleibt, ob Onkel Eugen noch eine zweite, wohnlichere Unterbringung fand, in der seine Familie den Winter hätte überstehen können.

In einer Gruftkammer fanden sich nach ihrem Tode Decken, Schmuck, Kerzen, Kinderspielzeug, Lebensmittel, Bücher und nahezu vollständig die Texte seiner Bühnenrollen. Vermutlich waren Freunde ihnen behilflich und brachten die notwendigen Lebensmittel auf den Friedhof.

In der dritten Woche ihres Gruftaufenthalts wurde die Familie von einem Kommando der Staatspolizei entdeckt. Wie der zwischen den Decken aufgefundene, letzte Brief meines Onkels berichtet, wurde die Familie offenbar von einem Friedhofsbesucher angezeigt. Danach brachen in der Nacht des 8. Juli fünf angetrunkene Polizeibeamte in die notdürftig verbarrikadierte Gruft ein und befahlen der entsetzten Familie, mit ihnen den Sabbat zu feiern. Die Betrunkenen versprachen meinem Onkel, ihn und seine Familie nicht auszuliefern, wenn er sich bereit erkläre, das Grab nicht zu verlassen.

Am darauffolgenden Samstag kamen die Beamten wieder. Sie schleppten Schnapsflaschen mit sich und Süßigkeiten, und wieder mußten Eugen und Rosa Kreindler mit ihnen trinken und feiern. Auch zwangen sie den Onkel, Lieder aus Operetten vorzutragen und zu tanzen; sie trieben, wie es im Brief heißt, mit der Familie die unwürdigsten Dinge und vergnügten sich an ihrem Unglück.

Den Brief schrieb der Onkel am 21. Juli, einen Tag bevor er den angekündigten dritten Besuch der Polizeibeamten erwarten mußte. An diesem Tag vergiftete er seine Frau, seine drei Kinder und sich selbst.

Die Leichen wurden von der Gestapo gefunden. Ein Mitarbeiter der jüdischen Kultusgemeinde wurde von ihnen beauftragt, für die sofortige Beisetzung zu sorgen und anschließend die Familienangehörigen der Toten zu benachrichtigen. Unbeantwortbar bleibt, warum mein Onkel der Aufforderung der betrunkenen Beamten folgte und nicht das Gruftgewölbe verließ, um sich und seiner Familie ein anderes Versteck zu suchen. Ebenso unverständlich ist meiner Familie, weshalb Onkel Eugen die schmuddligen Bühnentexte mit in das Grab nahm. Es waren zumeist kokette, nichtssagende Stücke, allein für das Amüsement gedacht und insofern ungeeignet, ja vielleicht sogar unpassend für den Aufenthalt in der Gruft.

Eine Zeitlang existierte in meiner Familie noch ein Album mit Fotografien meines Onkels. Wie es hieß, war es eine vollständige Sammlung aller Rollen, die er im Theater an der Kommandantenstraße spielte. Auf den Fotos trug er zumeist einen weißen Schal und einen Knaufstock, den er keck an seine Wange hielt.

Als ich Jahrzehnte nach dem Tod der Familie Kreindler ihre letzte Wohnung aufsuchte, die kleine Kammer der Familiengruft auf dem Weißenseer Friedhof, konnte ich mir den Onkel nicht anders vorstellen als mit eben diesem Schal und dem Stock mit dem elfenbeinernen Griff. Und ich bin nun der Überzeugung, daß er seine Rollenbücher nur deshalb mitnahm, um sich beim Licht des schmalen Fensters die lächerlichen Texte einzuprägen und mit herausgeschobener Brust und einnehmendem Lächeln die banalen Reime der Couplets zu repitieren. Ich denke, er hat die abgegriffenen Hefte in sein Versteck mitgenommen, weil sie zu seinem Leben gehörten wie Tante Rosa und die drei Kinder.

Und vielleicht vergaß er in der Gruft die Angst, wenn er mit seiner zarten und doch sicheren Stimme die dummen Texte sang. Vielleicht haben ihm die Hefte geholfen bei dem Versuch, in einem Grab zu überleben, bei diesem Versuch, der sich so bald als Irrtum erwies. Denn sein Leben und das seiner Familie konnten auch die Toten nicht retten.

## Charlottenburger Chaussee, 11. August

Ein Philosoph, Dozent an der Berliner Humboldt-Universität, erzählte mir im vergangenen Sommer im Strandbad Grünau die folgende Episode:

Während der Weltfestspiele der Jugend und Studenten im Jahre 1951 erhielt ich gemeinsam mit den Kommilitonen meiner Seminargruppe den Auftrag, in der Kleidung des Jugendverbandes durch das Brandenburger Tor zu marschieren und die Westberliner Jugend aufzufordern, an der Abschlußveranstaltung der Weltfestspiele im sowjetischen Sektor Berlins teilzunehmen. Zu erwarten wäre, so wurde uns gesagt, daß Westberliner Polizisten das Verteilen der Flugblätter verhindern wollen; wir sollten mit ihnen sprechen, sie gleichfalls zur Kundgebung einladen, uns einer drohenden Verhaftung jedoch möglichst durch Flucht entziehen. Wir gingen am 11. August gegen vierzehn Uhr durch das Brandenburger Tor. Wir waren fünfzehn Studenten, zwölf Jungen und drei Mädchen, alle im Blauhemd des Jugendverbandes. In unseren Händen hielten wir die hektographierten Blätter. Da wir befangen und wohl auch ängstlich waren, gingen wir schnell und sprachen sehr laut miteinander. Eines der Mädchen, Karla, trug langes, blondes Haar und wurde von allen Jungs geliebt. Zwei Knöpfe ihrer Bluse hatte sie geöffnet, so daß man den Ansatz ihrer Brust sah. Jeder von uns Jungen war bemüht, neben ihr zu gehen, um mit hochrotem Kopf während des Gesprächs einen Blick auf ihre offenstehende Bluse zu werfen. Die Flugblätter boten wir den Passanten an, doch die lehnten ab und beschimpften uns. Auf der Charlottenburger Chaussee, in der Nähe des Kleinen Sterns, wurden wir von einem Westberliner Polizisten angehalten, der uns befahl, unverzüglich in den Russensektor zurückzukehren. Er war nicht älter als wir. Unsere Zettel wollte er nicht lesen und lehnte es auch ab, mit uns zu diskutieren. Wir umringten ihn und redeten auf ihn ein. Keinem von uns entging, daß der junge Polizist immer wieder zu Karla sah, auf ihre von uns allen bewunderten Brüste. Dieses verbitterte uns nicht weniger als seine abfälligen Bemerkungen und die Anordnung, den Westsektor zu verlassen. Mit den Worten, daß sich Deutsche schämen sollten, die blauen Russenkittel zu tragen, griff er plötzlich nach Karlas Bluse und riß sie ihr herunter. Wir standen wie gelähmt, starrten auf zwei schutzlose Brüste, sahen das verwunderte und doch lächelnde Gesicht Karlas und den jungen Polizisten, der nun verlegen vor ihr stand. Für Sekunden war es still. Dann schlugen wir zu. Das war Klassenkampf, begriffen wir augenblicklich, und wir schlugen mit den Fäusten auf den Polizisten ein, bis er leblos zu Boden sank. Die Flugblätter ließen wir bei der Leiche liegen. Wir stürzten nach Hause. Karla hielt mit beiden Händen die Fetzen ihrer Bluse fest. Atemlos erreichten wir unsere Universität. Dieses Mädchen, sagte der Philosoph, liebten wir alle.

## Nachtfahrt und früher Morgen

Das Auto, ein alter Opel, gehörte dem Vater von Max und war ein klappriger, malvenfarben lackierter Wagen, ein unförmiger technischer Würfel mit Schnauze. Das Frontfenster konnte man aufklappen, und das machte, zusammen mit den beiden Aschenbechern im Fond des Wagens, den einzigen Luxus aus, über den der Opel verfügte. Er hatte eine Knüppelschaltung, ein fast ein Meter langer Eisenstab mit einer Kunststoffkugel an der Spitze ragte zwischen den beiden Vordersitzen hervor. Unterwegs hatte der Fahrer seine Hand auf die schwarze Kugel zu legen, um zu verhindern, daß der eingeschaltete Gang heraussprang. Wann immer Max Gelegenheit bekam, den Wagen zu fahren, sagte er zu, und hin und wieder bot er mir an, mitzukommen. Wenn wir dann auf vergessene Landstraßen kamen, erlaubte er mir, ein paar Kilometer zu fahren, obwohl ich keine Fahrerlaubnis besaß. Ich umkrampfte jedesmal mit beiden Händen das Steuer und schwitzte; den Schalthebel hielt Max fest, der aufgeregt auf mich einredete.

Max rief mich am Freitag an. Er sollte nach der Arbeit einen Lehrer, einen Bekannten seines Vaters, nach L. fahren und ihn noch in der Nacht nach Berlin zurückbringen. Er fragte mich, ob ich mitkommen würde, und ich sagte zu. Dann sagte Max, es seien alles in allem sechshundert Kilometer zu fahren, und er habe dafür nur acht Stunden Zeit, es könne also nicht die Rede davon sein, daß er mich ans Steuer lasse. Ich erwiderte, daß ich trotzdem mitkommen würde.

Als ich am Nachmittag bei ihm erschien, hatte er das Auto bereits aus der Garage gefahren. Auf dem Bürgersteig stand sein Vater und sprach mit einem ungewöhnlich dünnen Mann mit vergrämtem Gesicht. Der Mann schien nur wenige Jahre älter als Max zu sein und wirkte wirklich entsetzlich dürr. Er stieg in den Wagen ein und setzte sich umständlich auf die Kante des Rücksitzes.

Als wir die Autobahn erreichten, lehnte sich Max zurück. Wir unterhielten uns leise, der Lehrer hinter uns starrte nervös aus dem Fenster. Später sangen wir Lieder, Kirchenchoräle und Schlager.

In der ersten Dämmerung verließen wir die Autobahn. Kurz vor L. fragte uns der Lehrer, ob wir über alles unterrichtet seien. Ich sagte, daß ich nichts wüßte, und Max sagte, es interessiere uns nicht, er würde ihn mit der Familie nach Berlin bringen und wolle nichts weiter hören.

Ich war verwirrt und irgendwie beunruhigt und sah Max an, aber der starrte nur geradeaus und reagierte nicht.

Dann sagte der Lehrer: »Ich denke, ich sollte es Ihnen erzählen. Ich halte es für anständiger. Ich werde heute nacht in Berlin über die Grenze gehen. Mit meiner Frau und meiner Tochter.«

Überrascht drehte ich mich nach ihm um: »Wie denn? Wie wollen Sie denn rüber?«

»Durch die Kanalisation. Wir sind insgesamt elf Leute. Ein Mann vom Wasserwerk führt uns. Ich hab mich heute mittag mit ihm verabredet.« Der Mann sprach in einem singenden, wehleidigen Ton. Ich sah zu Max und wußte im selben Moment, daß er informiert war und es mir vorhin nur nicht sagen wollte. Ich war enttäuscht. Es tat mir weh, daß er mich belog. Ich wollte sein Vertrauen haben, um ihm beweisen zu können, daß ich sein Freund sei, auch wenn ich erst sechzehn war und er acht Jahre älter.

Der Lehrer redete weiter: »Meine Frau und meine Tochter gehen mit. Unser Führer kennt die Kanalisation wie seine Westentasche. Er hat schon viele Leute rübergebracht. Er ist bei den Wasserwerken, aber das sagte ich Ihnen schon. Wir sind elf Leute, aber ich kenne die anderen nicht.« Er sprach sehr leise und machte nach jedem Satz eine kleine Pause. »Das ist wichtig. Damit wir uns nicht gegenseitig gefährden, wissen Sie. Der Mann machte einen guten Eindruck auf mich. Ich glaube, man kann ihm vertrauen ...«

»Sie sollten uns das nicht erzählen«, unterbrach ihn Max.

Der Lehrer blieb hartnäckig: »Ich denke, es ist fair, wenn Sie wissen, woran Sie mit mir sind.«

Max drehte sich während der Fahrt um: »Aber es interessiert uns nicht.«

Der Lehrer schwieg nun. Ich lehnte mich an die Tür und sah finster zu Max. Ich wollte nicht mit ihm reden, aber ich hoffte, er würde bemerken, daß ich wütend war. Er hat dich belogen, sagte ich mir, er traut dir nicht.

In L. wartete die Frau des Lehrers auf uns, eine junge, blonde Frau, fast noch ein Mädchen. Sie lud uns zum Kaffee ein. Max lehnte ab, er sollte um Mitternacht wieder in Berlin sein, und falls wir unterwegs Schwierigkeiten mit dem Wagen hätten, könnte uns die Kaffeepause teuer zu stehen kommen. Im Flur standen die gepackten Koffer und zwei Rucksäcke. Als Max sie sah, lachte er.

»Es ist nur das Notwendigste«, sagte die Frau. Sie war rot geworden, als Max lachte und sie ansah.

»Dann müssen Sie sich einen Bus mieten.«

»Und wieviel können wir mitnehmen?«

»Drei Koffer, mehr paßt nicht rein.«

Die Frau blickte verzweifelt auf das Gepäck, auf Max, dann auf ihren Mann. Der Lehrer jammerte: »Ich habe dir gleich gesagt...«

»Wir nehmen die Rucksäcke auf den Schoß«, entschied die Frau.

»Natürlich«, sagte Max bissig, »damit die Kontrolle gleich Bescheid weiß!« Er ging hinaus, ich folgte ihm. Der Lehrer brachte zwei Koffer und einen Rucksack, die wir im Kofferraum verstauten. Wir setzten uns ins Auto. Der Lehrer blieb nervös neben dem Wagen stehen und wartete, seine Hände waren ständig in Bewegung.

Dann erschien die Frau. Sie trug ihre vielleicht zweijährige Tochter auf dem Arm, der Lehrer nahm ihr das Kind ab und fragte sie etwas. Sie nickte, und beide drehten sich um und betrachteten einen Augenblick lang ihr Haus.

Als sie einstiegen, sagte die Frau zu Max: »Ich habe einen Kaffee für Sie gemacht.« Sie reichte ihm eine blecherne Thermosflasche, aber Max startete den Wagen und sagte nur unwillig: »War nicht nötig.«

»Vielleicht später«, sagte ich und nahm ihr die Flasche ab.

Solange wir durch L. fuhren, redete der Lehrer auf seine Frau ein. Ich konnte nichts verstehen. Später wollte der Lehrer von Max und mir wissen, wie wir die Chancen einschätzten, die Grenze durch die Kanalisation zu überschreiten. Max sagte ihm, daß wir beide dazu keine Meinung hätten. Der Lehrer, eingeschüchtert, bemühte sich, ein Gespräch zustande zu bringen. Er fragte nach unseren Berufen, nach der Situation in Berlin. Max antwortete einsilbig, und ich tat's ihm nach.

Als wir die Autobahn erreichten, war es stockfinster.

Das Kind wurde wach und begann zu weinen. Max forderte die Frau gereizt auf, das Kind zu beruhigen, er sei müde und nervös und müsse sich auf die Straße und die Autobahnmarkierungen konzentrieren. Die Frau des Lehrers flüsterte auf das Kind ein und schaukelte es auf ihrem Schoß.

Als Max sich eine Zigarette anbrannte, bat sie ihn, des Kindes wegen nicht zu rauchen. Max blickte fassungslos zu mir herüber, bevor er die Zigarette aus dem Fenster warf. Mir tat die Frau leid, und ich wollte Max fragen, warum er so gehässig sei. Ich tat's nicht. Ein paar hundert Meter weiter hielt Max den Wagen an der Böschung an. Der Lehrer schreckte hoch und fragte, ob etwas kaputt sei. Max schüttelte den Kopf, er wolle nur eine Zigarette rauchen. Wir stiegen aus und liefen hin und her. Es war kalt. Ich wärmte meine Finger an der Zigarettenglut. Dann trank ich Kaffee aus der Thermosflasche und gab sie Max, der sie widerwillig entgegennahm.

Im Auto reichte uns die Frau des Lehrers eine angebrochene Tafel Schokolade, die sich durch das Papier weich und warm anfühlte, klebrig. Wir gaben sie zurück und sagten, daß wir Schokolade nicht äßen.

Als wir den Berliner Stadtrand erreichten, machte ich den Lehrer auf die bevorstehende Ausweiskontrolle aufmerksam. Ich riet dem Ehepaar, sich schlafend zu stellen und scheinbar wecken zu lassen. Der Lehrer dankte mir mehrmals für den Rat. Wenige Minuten später bereute ich meinen Vorschlag, denn als uns der Grenzposten anhielt und unsere Papiere sehen wollte, spielte der Lehrer sein angebliches Erwachen so übertrieben, daß ich befürchtete, der Offizier würde Verdacht schöpfen. Der Lehrer gähnte unaufhörlich, rieb sich die Augen, tat, als finde er sich nicht zurecht, während der Grenzposten ihn unbeteiligt betrachtete. Schließlich herrschte Max ihn an, er solle seinen Ausweis zeigen. Der Posten tippte mit zwei Fingern an seine Mütze und ließ uns passieren.

Wir fuhren schweigend in das nächtlich stille Berlin. Es war Viertel nach zwölf und sehr kalt, da der Opel keine Heizung besaß. Max hielt den Wagen an, zog sein Jackett aus und gab es der Frau. Sie solle es sich überziehen, sagte er mürrisch. Die Frau dankte ihm mit einem seltsamen, weichen Lächeln. Dann fuhren wir weiter.

Als Max auf einem Ruinengrundstück in der Nähe des Spittelmarkts hielt und alle aussteigen ließ, wurde das Kind wach und greinte. Wir gaben das Gepäck heraus und verabschiedeten uns hastig. Der Lehrer bat Max zur Seite, die beiden kamen aber bald wieder zu uns. Wir zeigten ihnen die Richtung, in die sie gehen mußten. Dann setzten wir uns in den Wagen.

Ich fragte, was der Lehrer von Max gewollt hatte. »Er bot mir Geld für die Fahrt an. Zwanzig Mark«, sagte Max, »ich habe es nicht genommen.« Wir fuhren noch zweimal am angeblichen Stellplatz vorbei, doch kein Mensch war zu sehen. Ich fragte mich, wie der Lehrer und seine Frau so schnell verschwinden konnten.

Wie verabredet, schlief ich die Nacht bei Max auf einer herausklappbaren Liege. Im Bett rauchten wir und tranken Bier, und ich hoffte, er würde mit mir reden. Aber er sagte nichts und blickte nur auf die Zimmerdecke, und so schwieg ich auch.

Am nächsten Morgen frühstückten wir zusammen, Max hatte Eier und Kaffee gekocht. Wir saßen unausgeschlafen in der Küche und hörten träge auf den Radiosprecher. Als die Tür aufging, drehte Max sich nicht um. Er nahm wohl an, daß es seine Mutter sei. Erst als uns die Frau des Lehrers einen guten Morgen wünschte, fuhr er auf. Ich lachte verlegen und sagte etwas wie: Das kann doch nicht wahr sein. Die Frau stand im Bademantel an der Tür, sie wirkte übernächtigt und sah sehr schön aus. Sie erzählte uns, daß der Mann vom Wasserwerk nicht gekommen sei. Auch die anderen Leute seien nicht erschienen, man habe möglicherweise die Aktion kurzfristig abgesagt. Sie wisse es nicht.

Max haute wütend mit der Faust auf den Tisch und sagte: »Scheiße. Das ganze Abhauen ist Scheiße.«

Die Frau lächelte traurig. Dann sprach sie weiter. In der Nacht sei sie mit dem Kind hierher gekommen, der Vater von Max habe ihr aufgemacht. Ihr Mann sei mit dem Zug nach L. zurückgefahren, um am nächsten Tag in seiner Schule zu unterrichten.

»Wollen Sie Kaffee?« fragte Max. Die Frau schüttelte den Kopf.

Ich sah sie immerzu an. Ihr Erscheinen an unserem Frühstückstisch nach einer solchen Nacht kam mir absurd und lächerlich vor, und ich fragte mich, ob es ihr peinlich war, einfach wieder bei uns aufzutauchen.

Max saß wortlos am Tisch.

Unvermittelt fragte die Frau: »Warum hassen Sie meinen Mann?«

Ich war überrascht, als Max erwiderte: »Weil er ein Versager ist. Weil er Sie nicht in Frieden läßt. Er taugt nur dazu, davonzulaufen.« Er sagte es mit ruhiger, sanfter Stimme, als spräche er von einem Toten. Und ich verstand ihn nicht, ich begriff nicht, weshalb er den Lehrer verachtete und haßte. Es war kühl in der Küche. Im Teekessel brodelte das Wasser, vor dem Haus rasselte eine Straßenbahn vorbei, und ich dachte an den Lehrer, der jetzt wohl wieder in L. war und sich auf die Schulstunden vorbereitete. Max rührte in seinem Kaffee, ich betrachtete die Frau. Ihre Augen waren feucht geworden, es kamen Tränen, sie liefen langsam über die Wangen und verharrten in den Mundwinkeln. Dann öffnete sich ihr Bademantel. Die Gürtelschlaufe hatte sich gelöst, und die übereinandergeschlagenen Seiten des Frotteemantels schoben sich unter den schnellen Atemzügen der Frau auseinander. Nur die Brustwarzen waren noch für einen Moment bedeckt, dann entblößten auch sie sich. Ich sah jetzt ihre Brüste, den weißen Bauch, die Schenkel. Der Bauchnabel und die Schamgegend waren durch die breite Rückenlehne eines Küchenstuhls verdeckt. Und während ich versuchte, herauszubekommen, ob sie eine Hose anhatte, oder vielmehr, ob sie keine trug, und dabei bemüht war, jede Bewegung zu vermeiden, um sie nicht auf mein Interesse aufmerksam zu machen, überlegte ich fassungslos, ob sie ihre Entblößung tatsächlich nicht bemerkte oder ob sie so ein raffiniertes Luder war.

Ich wollte sie gern streicheln, ihre Brüste berühren und wagte doch kaum zu atmen. Mein Mund schien mir ausgetrocknet, ich mußte mehrmals schlucken. Und da begriff ich, daß sie mich überhaupt nicht bemerkte. Ich war unsichtbar für sie, unsichtbar wie ein Kind. Und plötzlich verstand ich, weshalb Max mit solchem Haß zu ihr sprach, und ich erschrak über seine heftige, unbeherrschte Liebe.

Max stand auf, ohne sie anzusehen und ging aus der Küche. Die Frau wickelte sich fest in den Bademantel und trat ans Fenster. Sie preßte ihr Gesicht gegen die Scheibe, ihre Schultern zitterten.

Ich räusperte mich und stand gleichfalls auf. Sie reagierte nicht.

Ein paar Minuten später fuhr ich mit Max zur Arbeit, er schwieg und sah aus dem Fenster der Straßenbahn. Und immer wieder an diesem Sonnabend, während ich an der Maschine stand und die feuchten Blechplatten in die Stanze legte, versuchte ich mich genau an die nächtliche Autofahrt zu erinnern, während der sich Max und die Frau des Lehrers ineinander verliebt hatten. Und ich versuchte zu begreifen, warum ich es nicht verstand.

## Frank, eine Kindheit mit Vätern

Franks Urgroßvater war Pächter eines Bauernhofes in Mehrow bei Berlin. Aufgewachsen als Kind eines Tagelöhners war es sein ganzes Bestreben, den Sohn studieren zu lassen, damit dieser ein leichteres Leben führen könne als sein Vater. Er hoffte, daß der Sohn die geistliche Laufbahn einschlagen werde. Den Zwölfjährigen schickte er in eine Internatsschule in Charlottenburg. Er arbeitete mit seiner Frau täglich, werktags wie sonntags, zwölf Stunden, um die Schulkosten aufbringen zu können. Als er 1916 in Frankreich fiel, mußte der Sohn das Gymnasium verlassen, wurde Postbote, Volontär einer Berliner Tageszeitung und später Makler an der Börse. Wegen Unterschlagungen kam er für vier Jahre ins Zuchthaus. Er war vierzig Jahre alt, als er heiratete.

Gemeinsam mit der Frau führte er, der spätere Großvater Franks, eine Kellerdrogerie in der Bergstraße mit einer Heißmangel im Hinterzimmer. Sein Traum war es, den Sohn in Amerika ausbilden zu lassen, um aus ihm einen jener sagenumwobenen Pioniere der Technik zu machen, von denen die Zeitschriften und Magazine achtungsvoll berichteten, sie seien sensibel wie die alten, europäischen Poeten, und ihre Gehirne arbeiteten mit der Exaktheit großer Rechenmaschinen. Nach der Aufteilung Berlins unter die Siegermächte ließ Franks Großvater seinen Sohn im amerikanischen Sektor zur Schule gehen. Ein Zufall machte ihn mit einem jungen Amerikaner bekannt, der sich ihm vorstellte als Professor der Harvard-University, Inhaber eines Lehrstuhls für Raumfahrtphysik. Das Angebot des Professors, der die deutschen Ingenieure in den Vereinigten Staaten das Rückgrat der technischen Überlegenheit Amerikas nannte und bereit war, den Sohn an seinem Lehrstuhl auszubilden, nahm er dankbar und erfreut an und übergab den Sechzehnjährigen zusammen mit siebentausend Dollar, die er in Westberliner Wechselbanken gegen seine Ersparnisse und einen staatlichen Kredit zum Ausbau seiner Kellerdrogerie eingetauscht hatte, dem Amerikaner. Als er sich wegen des mißbrauchten Kredits verantworten sollte, verzog er mit seiner Frau nach Westdeutschland. Beide wurden Fabrikarbeiter in Bochum und erfreuten sich einige Jahre an den verlogenen Briefen ihres Sohnes, die dieser ihnen aus den Hafenstädten aller möglichen Länder von seinen angeblichen Forschungsreisen schrieb.

Ihr Sohn hatte amerikanischen Boden nie betreten dürfen, da er mittellos ankam und die mitgegebenen Urkunden, Zertifikate und Briefe jenes Harvard-Professors sich als Fälschungen erwiesen. Als Schiffsjunge und späterer Leichtmatrose verdingte er sich auf einem holländischen Fahrgastschiff und kehrte acht Jahre später nach Berlin zurück. Auf einer Abendschule erwarb er das Abiturzeugnis und begann ein Fernstudium. Mit siebenunddreißig Jahren wurde Franks Vater als Ingenieur in einem Kraftwerksanlagenbau in Oberschöneweide eingestellt. Seine geringen beruflichen Erfolge führte er auf die unterbrochene und zu spät beendete Ausbildung zurück, ein Nachteil, den er seinen beiden Kindern ersparen wollte.

Sein Sohn Frank wurde im zweiten Schuljahr einer Ärztin vorgeführt, die ihn seiner offenbaren Lernschwierigkeiten wegen untersuchte und den Eltern empfahl, das Kind auf eine Sonderschule zu schicken, da seine geistigen Voraussetzungen für allgemeinbildende Schulen zu gering seien. Die Eltern lehnten eine Umschulung ab; sie befürchteten spätere berufliche Beeinträchtigungen für ihren Sohn und gaben ihm täglich zwei bis drei Nachhilfestunden, was ihnen der Beruf der Mutter, sie war Lehrerin, ermöglichte. Sorgsam und liebevoll mühten sie sich um das Kind, nur gelegentlich verzweifelte der Vater an dem begriffsstutzigen Sohn und nannte ihn total vernagelt. Im Herbst 1974 wurde Frank in das Polizeikrankenhaus in der Scharnhorststraße eingeliefert. Er hatte versucht, durch einen Sprung aus dem Fenster im vierten Stockwerk des Schulhauses seinem Leben ein Ende zu setzen. Er brach sich ein Bein und drei Rippen. Der Abschiedsbrief, der dem behandelnden Arzt vorlag, lautete: Liebster Papi und Mami! Seid nicht böse auf mich. Ich liebe euch, immer. Immer! Euer Frank.

Auf Befragen des Arztes sagte er: Wenn ich früh aufwache, muß ich schon weinen. Weil ich dann in die Schule muß. Und in der Schule muß ich auch weinen, weil ich weiß, daß Papi und Mami wieder ganz traurig über mich sein werden.

Die erschrockenen Eltern saßen fassungslos am Krankenbett ihres Sohnes; seine Tat wie die Erklärungen und Ratschläge des Arztes blieben ihnen unverständlich.

Im Sommer des folgenden Jahres sprang Frank ein zweites Mal aus dem Fenster. Er hatte sich, da er den Gesprächen der Eltern entnahm, daß ihn bei dem ersten Sprung das Gesträuch und der weiche Mutterboden vor dem Schlimmsten bewahrt habe, einen betonierten Gehweg als Ort des Aufpralls ausgesucht. Der Sprung war tödlich. Einen Abschiedsbrief schrieb er nicht. Er war zehn Jahre alt, als er starb.

Es geschah an jenem Tag, als ihm seine Lehrerin mitteilen mußte, daß er für die Zeit einer Schulfahrt in den Harz eine andere Klasse besuchen werde, da seine Leistungen es ihm nicht erlaubten, den Unterricht für eine Woche zu versäumen.

Frank wollte seinen Eltern die Enttäuschung ersparen und sprang aus dem Flurfenster eines fünften Stockwerks.

An jenem Tag war der Himmel über Berlin wolkenlos, es war der heißeste Tag des Monats Juni.

## Der Sohn

Ein Jahr nach dem Ende des zweiten Weltkriegs, als die Frauen in Berlin noch immer den Schutt aus den zerstörten Häusern räumten und sich um ihre heimgekehrten Männer mühten, die nicht weniger zerstört waren als die von ihnen bombardierten Städte, als diese Frauen, die man ihrer Arbeit wegen Trümmerfrauen nannte, in langen Schlangen nach den rationierten Nahrungsmitteln anstanden und bereit waren, im Kampf um ein paar herrenlose Futterrüben sich gegenseitig an die Gurgel zu gehen, ein Jahr nach der Vernichtung des Deutschen Reiches wurde Pawel geboren. Das Kind erhielt seinen Namen nach einem Offizier der Roten Armee, der an der Spitze einer Schützenpanzerbrigade eines der Außenkommandos des Konzentrations-Stammlagers Groß-Rosen auflöste und dabei Pawels künftigen Vater befreite.

Pawel wuchs in der Berliner Kissingenstraße auf, wo der Vater, ein leitender Funktionär, eine Vierzimmerwohnung erhalten hatte.

1952 wurde der Junge eingeschult. Er zeichnete sich durch überdurchschnittliche Intelligenz aus, was ihm unter den Mitschülern Autorität und Achtung verschaffte. Zudem war er bis zum Abschluß der Grundschule Gruppenratsvorsitzender der Pionierorganisation in seiner Klasse, ein Amt, das er zur Zufriedenheit seiner Eltern und Lehrer ebenso überzeugt und eifrig wie engstirnig ausübte. Sein Bestreben, dem geliebten Vater zu gleichen, dessen Unerschütterlichkeit und entschlossenes Auftreten in den sich überstürzenden Ereignissen der Nachkriegsjahre von ihm bewundert wurden, er übersah auch nicht das respektvolle

Verhalten der Lehrer im Umgang mit seinem Vater, führte ihn gelegentlich zu eigenwilligen Handlungen, deren seine Erzieher nicht Herr werden konnten oder wollten. So erregte er in seiner Schule Aufsehen, als er, verletzt durch abfällige Bemerkungen eines Klassenkameraden über die Sowjetische Kontrollkommission in Deutschland und durch die bei weiteren Nachforschungen festgestellte sowjetfeindliche Haltung des Vaters jenes Klassenkameraden, eines im Krieg verstümmelten Werkzeugmachers, diesen Mann am schwarzen Mitteilungsbrett der Schule aufforderte, in einer Pionierversammlung zu seinen bekannt gewordenen abfälligen Äußerungen über die Sowjetunion und ihre Bürger Stellung zu nehmen. Der Werkzeugmacher, nicht willens, sich vor Zehnjährigen zu verantworten oder Repressalien befürchtend, siedelte zwei Tage vor der angesetzten Versammlung mit seiner Familie in den französischen Sektor Berlins um. Die Eigenmächtigkeit Pawels fand nicht den ungeteilten Beifall der Lehrerschaft, doch gestand man ihm zu, frühzeitig einen erklärten Klassengegner und Feind der jungen Republik erkannt und entlarvt zu haben. Ebenso unerbittlich verfolgte er eigene Schwächen und Unzulänglichkeiten und bestrafte sich, je nach Bedeutung des Vergehens, mit dem Entzug der Süßspeise oder des Abendbrots, wobei er Appetitlosigkeit vorgab und sich zwang, während der gesamten Mahlzeit am Tisch sitzen zu bleiben.

Seine Konsequenz wurde von den Mitschülern gewürdigt, und er war, da er überdies mit seinen schwarzen Locken und den großen, braunen Augen sensibel und verletzbar schien, der Schwarm aller Mädchen in seiner Klasse, wenn sich auch die Bewunderung mit Spott mischte und sein Eifer belächelt wurde.

Pawel, der wie seine Schulkameraden gelobt hatte, das blaue Halstuch der Pionierorganisation erst an jenem Tag abzulegen, an dem Deutschland in Frieden wiedervereint sei, eine Verpflichtung, der die meisten Mitschüler nur widerwillig und bald überhaupt nicht mehr nachkamen, Pawel beharrte zwei Jahre lang darauf, das Tuch ständig zu tragen. Selbst im Freibad in der Wolfshagener Straße, wo die Schüler im Sommer ihre Nachmittage verbrachten, trug er das Tuch auf dem nackten Oberkörper und legte es nur für die wenigen Minuten ab, in denen er im Wasser schwamm. Man belustigte sich über ihn, doch alle Scherze und Beschimpfungen bestärkten ihn in seiner Hartnäckigkeit; er ging, den schmächtigen Knabenkörper starr aufgerichtet, über die Liegewiesen, sich und das blaue Halstuch einer Welt der Halbheiten und Nachlässigkeiten präsentierend, und in seinen Augen glühte der Siegeswille großer Volksführer und Missionare.

Die Eltern freute sein Selbstbewußtsein und forsches Auftreten, und da seine Schulzeugnisse Jahr für Jahr vortrefflich waren, versprachen sie sich eine glänzende Karriere für ihren Sohn. Sie bestärkten ihn in seinem Ehrgeiz und lächelten voll Nachsicht über seine Unduldsamkeit, wenngleich die strengen Urteile Pawels auch sie selbst betrafen. Als nach einer Gedenkfeier für den verstorbenen sowjetischen Staatsmann J. W. Stalin der Vater Pawels seiner Frau die heftigsten Vorwürfe machte, da sie gedankenlos einen kontrastierenden leuchtend roten Schal zu ihrer Trauerkleidung getragen hatte und nicht begreifen wollte, damit eine politische Taktlosigkeit begangen zu haben, verließ Pawel schluchzend das Zimmer und erklärte später der gleichfalls heulenden Mutter, vorerst nicht mehr mit ihr zu sprechen. Und in der Tat wechselte er sechs Wochen lang kein Wort mit seiner Mutter. Wenn seine Hartnäckigkeit auch kein Erstaunen mehr bei den Eltern hervorrief, ein Familienleben mit Pawel war beschwerlich.

Die Wandlungen Pawels begannen unmerklich. Er war vierzehn Jahre alt, als er gesteigerten Wert auf die spanische Fassung seines Namens legte und sich von Klassenkameraden und Freunden Pablo nennen ließ. In dieser Zeit trafen sich die Halbwüchsigen nach der Schule in einem Keller, den sie mit Papier, Stoffresten, Plakaten und leeren Bierfässern in einen Klubraum verwandeit hatten. Man begann sich für Literatur zu interessieren, stürzte sich über die neuesten amerikanischen Bücher, las französische Surrealisten und stritt bis in die Nacht über die Philosophien eines Kierkegaard, Nietzsche und Sartre. Pawel saugte mit der gleichen Inbrunst wie seine Altersgenossen die widersprüchlichsten Gedanken in sich hinein und las sogar jene Bildergeschichten und bunten Heftchen, die er vor Jahren als westliche Schundliteratur verachtet hatte und die seine Schulkameraden ihm jetzt großzügig überließen, da sie derlei Lektüre inzwischen als kindischen Nepp ansahen.

Seine Lehrer reagierten zurückhaltend auf ironische Bemerkungen und Unverschämtheiten, mit denen er den Unterricht vor allem in Geschichte und Staatsbürgerkunde zu stören suchte. Erst die von ihm eingestandene Urheberschaft an einer Wandzeitung, die unter Verwendung von Ausschnitten westdeutscher Zeitungen die staatliche Kulturpolitik verunglimpfte, veranlaßte die Schulleitung, ihn zu einem Gespräch vorzuladen. Er hatte die Wandzeitung in den frühen Morgenstunden eines Mittwochs heimlich im Schulgebäude angebracht und sich zwei Tage später vor der Klassenlehrerin zu der Tat bekannt, weil einem zu Unrecht verdächtigten Schüler die sofortige Relegation drohte.

Da der Schuldirektor sich vergeblich bemühte, Pawel zu einer öffentlichen Selbstkritik zu überreden, suchte er nach vorheriger schriftlicher Anmeldung Pawels Vater auf, um mit ihm die notwendig gewordene Bestrafung des Sohnes abzusprechen. Der Vater, dem es seine Tätigkeit selten gestattete, sich um die Familie zu kümmern, war von dem Vergehen seines Sohnes überrascht. Mehr als alles andere erregte ihn der Vertrauensmißbrauch des Jungen, der die ihm im Zimmer seines Vaters zugänglichen westlichen Zeitungen für die anstößige Wandzeitung benutzt hatte. Er ließ Pawel in sein Zimmer rufen, befragte ihn eindringlich, schrie ihn an und wurde, da Pawel ihm nur verstockt und widerwillig antwortete, so wütend, daß er den Sechzehnjährigen vor den Augen des Schuldirektors schlug. Im Verlauf des Abends kam er mit dem Direktor überein, den Vorfall als einen törichten Jungenstreich und ein pubertäres Aufbegehren gegen die väterliche Autorität zu betrachten und zu vergessen. Er versicherte dem Direktor, Pawel dazu zu zwingen, vor den versammelten Schülern ein Schuld- und Reuebekenntnis abzulegen, ein Versprechen, welches der Schuldirektor zwar nicht erbeten hatte, das ihn aber in Hinsicht auf das eigene Prestige offensichtlich erleichterte. Bereits am darauffolgenden Montag las Pawel mit hochrotem Kopf während des wöchentlichen Schülerappells die geforderte Erklärung vor.

In der Folgezeit versuchte der Vater wieder verstärkt Einfluß auf seinen Sohn zu gewinnen, doch endeten diese Gespräche zumeist in heftigen Wortwechseln.

Die Trennung von seinem Vater erfolgte, wie Pawel es später bezeichnete, schlagartig. An einem Dienstagnachmittag saß er mit seinem Vater in einem Zimmer der gemeinsamen Wohnung. Ein Zeitungsartikel hatte Pawels heftigen Widerspruch erregt, und der Vater versuchte, die Argumente des Sohnes mit allen Kräften zu widerlegen. Ihn empörte, daß Pawel in seiner Polemik auch Fakten und Ereignisse erwähnte, die ihm allein durch die Tätigkeit seines Vaters bekannt sein konnten. Der Vater, hilflos und wütend, da er seinen Sohn nicht zu überzeugen vermochte und andrerseits nicht übersehend, daß Pawel Spaß daran fand, ihn zu provozieren, lief verbissen und brüllend im Zimmer auf und ab. Als Pawel erneut eine spöttische Bemerkung machte, blieb er hinter seinem Sohn stehen und schlug ihm überraschend mit der Handkante ins Genick. Pawel stand auf, ließ seinen Kopf vorsichtig kreisen und, während er mit zwei Fingern seine Halswirbel betastete, sagte er sehr kühl, daß ihn gewisse Vertraulichkeiten anachronistisch dünkten und er es vorziehe, in der Anrede zum Sie überzugehen.

Vier Tage später bezog er eine leerstehende Wohnung im zweiten Hinterhof einer Mietskaserne in der Belforter Straße. Die Wohnung war auf Grund ihrer baulichen Beschaffenheit als schwer vermietbar eingestuft.

Der Vater suchte verzweifelt zu ergründen, weshalb sich sein Sohn ihm entfremde, warum er die Ideale seiner Kindheit vergessen oder verraten habe und wieso er ihm gegenüber geradezu als politischer Gegner auftrat. Seine Frau konnte ihm dabei nicht behilflich sein; seit man im Regierungskrankenhaus bösartige Geschwülste bei ihr gefunden hatte, war sie Alkoholikerin geworden. Sie nahm die Ereignisse in der Familie nur durch einen Schleier von Trunkenheit und Selbstmitleid wahr.

Es war ein Versuch, Pawel der schlechten Beeinflussung zu entziehen, als der Vater den Freund seines Sohnes, Kind eines Zahnarztes und durch zahlreiche bundesdeutsche Verwandtschaft reichlich mit den modischen Produkten westlicher Kultur versehen, die er Pawel willig zur Verfügung stellte, als er diesen Freund, vermittels eines Briefes an die Schulleitung, ideologischer Übertretungen bezichtigte, ihm damit die Aufnahme eines Universitätsstudiums vorerst unmöglich machte und ein weiteres tägliches Beisammensein der Freunde verhinderte. Dennoch, und er wußte es bereits, als er diesen Brief verfaßte und das weiße Papier mit den kleinen schwarzen Schreibmaschinenzeichen bedeckte, unscheinbar in ihrer genormten Dienstpflicht und durch seine Unterschrift unübersehbar geworden, er wußte, es blieb ein untauglicher Versuch, der ihm weder seinen Sohn zurückführen, noch die Wege und Verwirrungen Pawels ihm verständlich machen konnte.

Zwei Monate nach Pawels Auszug aus der elterlichen Wohnung, zu dieser Zeit hatte er sein Abitur mit Auszeichnung bestanden, und bereitete sich auf das Studium der Ökonomie vor, wurde der Vater davon unterrichtet, daß sein Sohn bei dem Versuch, die Staatsgrenze illegal zu überschreiten, verhaftet worden sei. Er suchte unverzüglich den zuständigen Untersuchungsrichter auf und erreichte, daß Pawel aus der Haft entlassen und als Hilfsarbeiter in einer sächsischen Braunkohlenfabrik eingestellt wurde. Im Sommer des folgenden Jahres unternahm Pawel den zweiten Versuch einer Republikflucht, der ihm gleichfalls mißlang. Wiederum holte ihn der Vater aus dem Gefängnis und sorgte dafür, daß sein Sohn, den die körperlich schwere Arbeit in der Fabrik übermäßig anstrengte und der sich geistig unterfordert fühlte, das Studium an der wirtschaftswissenschaftlichen Fakultät aufnehmen konnte, wenige Wochen nach Beginn des neuen Studienjahrs. Er machte ihm jedoch unzweifelhaft klar, daß er ihn nach einem dritten Fluchtversuch oder einer wie auch immer gearteten Straftat seinem weiteren Schicksal überlassen werde.

Im zweiten Studienjahr wurde Pawel von einem älteren Nachbarn, den die nächtlichen und lauten geselligen Zusammenkünfte in der Studentenwohnung ebenso mißfielen wie die von ihm beobachteten häufigen Besuche verschiedener Mädchen, angezeigt wegen nächtlicher Ruhestörung, Promiskuität und geheimer Gruppenbildung. Pawel, vom zuständigen Polizeirevier vorgeladen zur Klärung eines Sachverhalts, wie es in dem Schreiben hieß, war entschlossen, die mit der Anzeige verbundenen Unannehmlichkeiten allein durchzustehen, und selbst bei drohender Exmatrikulation, die einer eventuellen Klageerhebung unweigerlich folgen würde, sich nicht an den Vater zu wenden.

Seine Befürchtungen waren grundlos. Das Gespräch mit dem Polizeioffizier, der Pawels Vater als Politiker kannte und schätzte, verlief freundschaftlich und endete mit dem Rat des Offiziers, künftig die Lautsprecheranlage leiser einzustellen, um nicht den Groll cholerischer Zeitgenossen zu erregen.

Sein Verhältnis zu den Mietern der Nachbarwohnungen blieb gespannt, doch kam es zu keiner weiteren polizeilichen Anzeige. Drei Jahre später erhielt er gemeinsam mit seiner Freundin eine Neubauwohnung in der Andreasstraße.

Während der Studienjahre wurde Pawel auf Grund seiner vorzüglich absolvierten Zwischenprüfungen ein Leistungsstipendium zugesprochen. Nach dem Studium promovierte er und galt in seiner Sektion als einer der vielversprechendsten jungen Wissenschaftler. Bei den Kollegen war er beliebt, und seine Meinungen waren stets geachtet als die des Sohnes eines verdienten, hohen Funktionärs.

Pawel selbst aber fügte sich in den zuverlässigen Lauf der Welt. Er begriff, daß sein Aufbegehren gegen eine abgeleitete Existenz und die wilde Suche nach seinem wirklichen und eigenen Leben schon ein Teil desselben war und gab sich zufrieden mit den unaufhörlichen Erfolgen.

# Leb wohl, mein Freund, es ist schwer zu sterben

Sie war dem Zugschaffner aufgefallen, als sie noch auf dem Bahnsteig stand, eine junge, dicke Frau in braunem Kostüm und mit einem Lederkoffer, der so neu war, daß sie sich offenbar nicht getraute, ihn auf dem grauen Beton abzustellen.

Als der Schaffner in ihr Abteil kam und fragte, ob jemand zugestiegen sei, blickte er sie an. Sie kramte daraufhin beflissen und hastig mit ihren kleinen Fingern in der Handtasche. Der Koffer lag neben ihr auf der Sitzbank, darüber die Kostümjacke, sorgfältig gefaltet. Ein junger Mann, der ihr gegenüber saß, beobachtete gleichfalls interessiert, wie sie verlegen nach der Fahrkarte suchte, wobei sie mit ihren breiten Lippen etwas Unhörbares vor sich hin murmelte. Belustigt von der aufgeregten Frau sahen sich die Männer für einen Moment an.

»Sie haben die Fahrkarte zweimal verlängern lassen?«

»Ja. Ich war nicht eher … «

»Sie brauchen mir nichts zu erklären, es ist in Ordnung.«

Die Abteiltür schloß sich hinter dem Schaffner. Die Handtasche stand jetzt auf dem Schoß der Frau. Ihr Gesicht war hektisch gerötet. Die Hände hielt sie fest um den Tragriemen geschlossen. Der Kopf des jungen Mannes verschwand wieder hinter einer Zeitschrift. Im Abteilfenster fuhr die Landschaft vorbei.

Gegen Mittag erschien der Schaffner erneut, sein Blick schob sich durch das Glas der geschlossenen Abteiltür zu den Fahrgästen und den leeren Bänken. Keiner war zugestiegen, er ging vorüber. Auf der Stirn und den rötlichen Oberarmen der Frau standen Schweißtropfen.

In Greifswald stieg sie aus dem Zug. Sie verließ den Bahnhof und ging mit kurzen, schnellen Schritten zur Bushaltestelle. Sie fragte niemanden nach dem Weg, ging zu den bereitstehenden Fahrzeugen, umkreiste sie, um deren beschriftete Stirnseiten zu erkunden, und kletterte dann in eine dieser sonnenheißen, verbeulten Blechkarossen. Dem Fahrer nannte sie den Namen einer Stadt. Langsam, Groschen für Groschen, gab er ihr Geld heraus. Sie setzte sich. Im Bus waren nur wenige Passagiere, die schläfrig und verdrossen mit gedankenleeren Gesichtern auf die Abfahrt warteten. Man hatte die Frau aufmerksam betrachtet, als sie eingestiegen war und sich ihren Fahrschein holte, doch nun schien das Interesse der Mitfahrenden nicht länger gefesselt, die Augen schlossen sich wieder oder starrten erwartungslos auf die Straße.

Nach einer Viertelstunde schüttelte sich plötzlich der Bus und fuhr los: aus der Stadt hinaus, über Kopfsteinpflaster und Asphalt, durch eine Ebene, gestückelt in Felder und Weiden, mit vereinzelten, rotgedeckten Backsteinhäusern und grauen Wassertürmen. Lärmend und blechern fuhr der Bus durch die mittägliche Landschaft und hinterließ in der Stille des Sonnabends für Sekunden einen bläßlichblauen Abgasschweif.

Die Frau hatte für die Fahrt ihre Kostümjacke nicht ablegen wollen. Sie saß schwer atmend auf dem Sitz. Ihre Finger zerknitterten ein Taschentuch, mit dem sie sich immer häufiger die Stirn abtrocknete. Die Falten ihres Rockes waren jetzt nicht mehr wegzustreichen, Stoffwülste über dem Schoß, die ihren nervösen Fingern widerstanden.

Als der Bus die vierte Station erreichte, sah sich der Fahrer nach ihr um. Sie stand bereits an der Tür, ihre Füße tasteten nach dem Bürgersteig. Dann fuhr der Bus weiter.

Tief atmete sie die Hitze ein, die erfrischend war nach der lastenden Schwüle im Bus. Sie kramte einen Notizzettel aus der Tasche und las ihn, wobei sich ihre Lippen bewegten. Dann steckte sie das Papier sorgfältig zurück. Sie nahm den Koffer auf und ging los, langsam, dann schneller, wieder langsam. Schließlich blieb sie stehen, sah sich nach der Bushaltestelle um und ging dann doch weiter. Später hielt sie ein Kind auf der Straße an, nannte ihm eine Adresse und bedankte sich, hochrot im Gesicht, für die erhaltene Auskunft.

Sie fand die Straße, das Haus, sie las seinen Namen an der Tür, sie klingelte.

»Ich möchte Dr. Burger sprechen, Dr. Peter Burger.«

Eine junge Frau hatte die Tür geöffnet, eine sehr junge Frau, fast noch ein Mädchen, mit kurzen schwarzen Haaren und braunen Augen, die rasch über die Besucherin streiften und erstaunt den Koffer wahrnahmen.

»Er ist nicht da. Wenn Sie auf ihn warten wollen...?«

Die Frau trocknete sich die Hände mit einem Tuch ab.

»Ja. Ich warte.«

»Kommen Sie bitte herein. Nehmen Sie hier Platz.« Die junge Frau entschuldigte sich, sie habe Wäsche. Dann ging sie hinaus.

Die Besucherin war offenbar in das Wartezimmer geführt worden. An den Wänden des Raums standen die verschiedensten Stühle, Küchenhocker, gepolsterte Lehnstühle, reich verzierte Prunkstücke aus schwerem Holz, ein Sessel. In der Mitte des Zimmers befanden sich zwei Tische, bedeckt mit zerlesenen, angegrauten Zeitungen und auseinandergerissenen Illustrierten. Über den Stühlen hingen Tierphotographien in einfachen Passepartouts aus weißer Pappe; die Bilder waren alle von gleicher Größe und wohl einem Kalender entnommen.

Die Frau hatte sich gesetzt. Sie sah auf die Tierbilder an den Wänden, sie betrachtete sie intensiv, fast gierig. Später kam ein zwei- oder dreijähriges Kind in das Zimmer gelaufen. Es blieb an der Tür stehen, sah sie unbewegt an und reagierte auch nicht auf ihr Lächeln. Als sie das Kind nach seinem Namen fragte, drehte es sich um und verließ armeschlenkernd den Raum.

Es wurde still. Die Frau öffnete die Tasche und zog ein Paar Fellhandschuhe heraus, die aus kleinen Reststreifen genäht waren, ein Paar Handschuhe aus tausend winzigen Fleckchen für die großen Fäuste eines Mannes. Sie betrachtete sie und steckte sie in ihre Tasche zurück.

Als es klingelte, stand sie auf und ging ans Fenster, doch sie erblickte nur einen Gemüsegarten mit einer Laube. Sie eilte rasch zu ihrem Stuhl zurück und setzte sich. Durch die angelehnte Tür hörte sie, wie jemand ins Haus gelassen wurde, dann Flüstern, Schritte, eine Tür öffnete sich, schloß sich. Nach ein paar Minuten kam ein Mann in das Zimmer, wünschte ihr einen guten Tag und betrachtete aufmerksam und mit verwundertem Lächeln die Frau. Sie blieb auf dem Stuhl sitzen und sagte nur: »Peter.«

Der Mann stürzte auf sie zu, riß sie vom Stuhl hoch, schrie ihren Namen, Karin, und schwenkte sie umher. Atemlos stellte er sie auf die Füße, küßte ihr die Wangen und sagte: »Daß du hierher findest, hätte ich nie gedacht.«

Die Frau hielt seine Hand und sah ihn an. »Gut siehst du aus.«

»Danke. Die viele Arbeit in der frischen Luft, weißt du.« Er drückte sie an sich, und da sie nichts sagte, fuhr er fort: »Du hast dich überhaupt nicht verändert. Ganz prächtig siehst du aus, mein Mädchen.«

Sie senkte den Kopf und flüsterte: »Das ist nicht wahr.«

»Doch, doch«, versicherte er, »du bist unverändert. Und das gleiche schöne Haar.«

Sie trat einen Schritt zurück und sah ihn an. Sehr ernst jetzt und, noch immer flüsternd, fragte sie: »Warum sagst du das von den Haaren?«

Er verstand sie nicht.

»Warum sagst du das von meinen Haaren?« wiederholte

sie. »Ich las, daß man einer häßlichen Frau immer noch sagen kann, sie habe schönes Haar.«

Er wurde verlegen und nahm sie wieder in seinen Arm: »Das ist Unsinn. So, und jetzt gehen wir essen. Du ißt doch mit uns?«

»Mit euch?«

»Ja. Meine Frau hast du ja schon kennengelernt, und dann ist noch mein Kleiner da, ein Philosoph, ein Stoiker von einem Kind. Er wird dir gefallen.«

»Ja«, sagte sie, »ich dachte mir, daß es deine Frau ist.«

Er hatte den Arm um ihre Schulter gelegt, sie gingen in die Küche, in der die Frau des Arztes den Mittagstisch gedeckt hatte. Er stellte die Frauen einander vor: »Meine Frau Angela, und dies ist Karin, eine Berliner Bekannte. Eine alte Freundin, du weißt schon.«

Der kleine Bert sollte Karin die Hand geben, doch schweigend und mit niedergeschlagenen Augen schob er seine Hand zwischen die Knöpfe seines Hemdes und mußte überredet werden, sie wenigstens zum Essen herauszuziehen.

Sie sprachen über Berlin, über die unzertrennlichen vier Freunde, die beiden Studenten Peter und Jens, die Laborantin Elvira und die Pelznäherin Karin. Man erinnerte sich an Jazzkonzerte, an die gemeinsame Harzreise, an eine Lehrveranstaltung in der Tieranatomie, zu der man die beiden Mädchen mitgenommen hatte und wo ihnen übel geworden war. Sie sprachen über das Café in der Friedrichstraße, wo eine Kellnerin sie mit Handschlag begrüßte, und über den Besuch der Synagoge, über die Schallplattenabende mit Kerzen und Wein in der Einzimmerwohnung Elviras und über die Berliner Museen, die man hier in der Provinz am meisten vermisse.

»Sie haben auch studiert?« fragte Karin plötzlich.

Die Frau des Arztes nickte, sie sei Lehrerin, genauer, sie sei Lehrerin gewesen. Der Haushalt, das Kind und ein schwieriger Mann beschäftigten sie vollauf. Dabei lächelte sie den Arzt an.

»Und wie geht es dir?« fragte er.

»Gut«, erwiderte sie, »ich habe viel Arbeit.« »Aber Sie essen gar nichts«, warf die Frau ein.

Sie habe bereits in der Stadt gegessen, sie wolle auf der Durchreise nur mal vorbeigekommen sein, um guten Tag zu sagen.

Die Eltern mußten sich nun um das Kind kümmern, das, durch die Anwesenheit des Gastes abgelenkt, bisher nur mit großen Augen die Frau betrachtet und kaum einen Löffel gegessen hatte. Sie redeten ihm freundlich zu, bemüht, ihm einen Löffel voll Suppe in den Mund zu stecken.

Der Tierarzt wandte sich an Karin: »Sieh ihn dir an. Solch ein Hühnchen. Sitzt da und schweigt, aber schaut mit Augen, als ob er alles versteht. Ein Hühnchen, ein Hühnerbeinchen.«

Nach dem Essen legte man das Kind ins Bett. Die Frau des Tierarztes kochte Kaffee. Sie erzählte, daß sie einmal auf die ihr unbekannte Karin eifersüchtig gewesen sei, sehr eifersüchtig, weil ihr Mann öfter von seiner Studentenzeit und seinen Freunden berichtete und sie es sich nicht habe vorstellen können, daß es wirklich nur Freundschaft gewesen sei, nichts weiter. Ihr Mann lachte sie aus, es sei, weiß Gott, nichts als Sympathie und Freundschaft gewesen. Er wollte Karins Ansicht hören, jetzt, Jahre danach. Sie stimmte ihm zu. Die Frau des Arztes wandte ein, daß die anderen zwei Freunde, der Tierarzt Jens und die Laborantin, vor einem halben Jahr geheiratet hätten. Das sei für ihn sehr überraschend gekommen, unerwartet, meinte der Mann.

»Ich wußte es«, sagte Karin, »ich wußte es immer.«

»Mag sein«, räumte der Tierarzt ein, »ich jedenfalls habe nichts bemerkt.«

Karin war verwundert: »Wie ist das möglich!«

Angela legte eine Hand auf den Arm ihres Mannes. Sie sah ihn zärtlich an, als sie sagte: »So sind Männer. Die einfachsten Dinge der Welt, ihnen muß man sie erklären.«

»Na schön«, erwiderte er gutgelaunt, »na schön, mag sein. Vielleicht muß man mir manches erklären. So ist die Welt: Ich laufe den ganzen Tag meinem Viehzeug nach, euch interessiert nichts als diese kleinen Geschichtchen voller Herz und Schmerz.«

Mit gutmütigem und stolzem Lächeln strahlte er die zwei Frauen an.

Karin erzählte von der Hochzeit der Freunde, zu der man sie als Trauzeugin geladen hatte. Das junge Paar habe sehr bedauert, daß Peter, durch eine Kälberimpfung verhindert, nicht zum Fest kommen konnte. Übrigens hätten auch die anderen nicht gewußt, daß Peter verheiratet sei und bereits ein Kind habe. Sie berichtete, wie der Standesbeamte vor der Eheschließung Einspruch dagegen erhob, daß man während des Zeremoniells einen englischen Schlager spielen wollte. Er empfahl eine seriösere Schallplatte, aber schließlich erreichte man, daß die gewünschte Musik abgespielt wurde, ihr Lieblingslied aus den Berliner Jahren. Er wisse doch.

Der Tierarzt wußte nicht. »Nein«, sagte er, »ich kann mich nicht erinnern. Ein Lieblingslied von uns? Bedauere, nein.«

»Er vergißt viel«, seine Frau lächelte, »aber bitte«, sie wandte sich an die Besucherin, »wie heißt dieses Lied?«

Karin war verlegen. »Ich kann nicht Englisch«, entschuldigte sie sich, »es war ein englisches Lied, wissen Sie. Vielleicht fällt es Peter ein, wenn ich die Melodie summe.«

Man bat sie darum.

Karin begann zu summen. Verlegen saß sie in der Küche, ihre Augen waren starr auf ein Bord mit Küchengeräten und Gewürzen gerichtet, um nicht die Gastgeber ansehen zu müssen. Sie unterbrach ihr Summen, begann erneut, hörte wieder auf und suchte nach der Melodie. Und plötzlich fing sie an, laut zu summen, ganz unvermittelt füllte sie die Küche mit ihren kräftigen Summtönen, und während sie, glücklich über die wiedergefundene Melodie, noch immer wie abwesend zu dem verzierten Küchenherd blickte, hoben und senkten sich die großen Brüste unter ihren heftigen Atemzügen.

Der Tierarzt hielt den Kopf geneigt, die Szene berührte ihn unangenehm. Seine Frau starrte fasziniert und sprachlos auf Karin. Ihr kam diese fremde, dicke, summende Frau wie eine Erscheinung vor. Mit halb geöffnetem Mund saß sie vor ihr am Tisch und betrachtete sie.

Als Karin verstummmte, bemerkte sie, wie der Tierarzt betreten aus dem Fenster blickte und seine Frau unablässig auf ihre Lippen biß und ein aufsteigendes Lachen kaum verbergen konnte. Sie erschrak und wollte um Verzeihung bitten. Sie wollte sagen, daß man es doch von ihr gewünscht habe, seine Frau habe sie gebeten, dieses Lied zu summen. Aber sie schwieg und strich sich mehrmals mit der Hand über die feuchte Stirn.

Der Mann unterbrach die entstandene Stille, als er lächelnd erklärte: »Wir waren damals sehr sentimental.«

»Ja«, bestätigte seine Frau und mußte nun ihr Lachen nicht länger unterdrücken, »ja, das wart ihr wohl.«

Karin nickte heftig, bevor sie in einen Lachkrampf ausbrach und aufstand und dem Tierarzt und seiner Frau zum Abschied die Hand gab, die andere mit dem Taschentuch vor das von schrillem Lachen verzerrte Gesicht gepreßt. Die Frau des Tierarztes brachte sie zur Tür.

In der Bahn grübelte sie darüber nach, warum sie der Familie zum Abschied die Hand gegeben hatte. Ihr Gesicht war an die Fensterscheibe gelehnt, ihre Finger strichen über die angeschraubten Metallteile des Abteils, über die Fensterkurbel, den Abfallkasten, das naßkalte Fensterbrett.

Ihr gegenüber saß ein Mädchen, das sich ängstlich an die

Mutter lehnte, als Karin es anlächelte. Später hörte sie die Frage des Madchens: »Warum weint die Tante?«, und die geflüsterte Antwort der Mutter: »Still, sei still.«

Auf ihrem Schoß stand die Tasche mit den Fellhandschuhen für die mächtigen Hände eines Mannes, und obgleich Schweißtropfen über die gerötete Haut ihrer Oberarme liefen, langsam von Pore zu Pore, hatte sie eine Hand in die halbgeöffnete Tasche gesteckt, in einen der darin aufbewahrten Handschuhe, in die warme, ihr vertraute Geborgenheit des Fells.

Als der Schaffner seinen Kontrollgang beendete und sich zu seinem Kollegen in das Dienstabteil setzte, murmelte er gekränkt: »Die war schon raufzu in meinem Zug.«

Der andere Eisenbahner wandte sich ihm zu: »Was sagst du?«

Der Schaffner ließ sich auf die Bank fallen und winkte resigniert ab: »Was es für fette Weiber gibt, was!«

Sein Kollege nickte und beugte sich über das Kreuzworträtsel. Der Schaffner wickelte seine Brote aus, klappte sie mit dem Daumen ein wenig auseinander und sah sich den Belag an.

# Der neuere (glücklichere) Kohlhaas

*Bericht über einen Rechtshandel aus den Jahren 1972/73*

Die Szene ist H., eine Stadt im Thüringischen, gelegen an der oberen Werra, Kreisstadt des Verwaltungsbezirks Suhl.

Hubert K., Buchhalter in der volkseigenen Stuhlfabrik der Stadt, verheiratet und Vater eines Sohnes, galt bei seinen Nachbarn und Kollegen als das Muster eines *Rechnungsführers*; und nach allgemeiner Ansicht der unterrichteten Bürger war auch das spätere Geschehen selbst eine Folge allzu genauer Lebensführung unseres Mannes, und sein häufig zur Erklärung seiner Handlung erfolgter – und ebensogern, wenn auch zumeist ironisch zitierter – Ausspruch, er habe nichts wollen, als sich *sein Recht schaffen*, wurde von den gleichen Bürgern kurz und bündig als Kleinkrämerei abgetan. Die hinter diesem Wort versteckte und dennoch in ihm sich deutlich veröffentlichende Haltung seiner Mitbürger verbitterte Hubert K., brachte ihn dazu, das Gericht anzurufen und führte ihn schließlich soweit, eben diesen Ort für immer – wie er damals meinte – zu meiden, der ihm nichts als sein Recht schaffen sollte und darin versagte; versagte bis man anderen Orts sich seiner Klage und der Gerechtigkeit annahm.

Hubert K. war im September 1972, wenige Tage nachdem er mit seiner Frau und dem vierjährigen Sohn aus seinem Urlaubsort an einem Brandenburger See zurückkehrte, bei der *Konfliktkommission* seines Betriebes erschienen und hatte vom Vorsitzenden dieser Kommission, einem Meister aus dem Bereich der Vorfertigung, verlangt, eine Klage zur Verhandlung zu bringen, die, gegen die Betriebs- wie auch Gewerkschaftsleitung gerichtet, vierzig Mark zum Gegenstand habe. In seinem Urlaub, erklärte der Antragsteller, habe er in Gesprächen mit Angestellten eines anderen, gleichfalls volkseigenen Betriebes zu der Überzeugung gelangen müssen, daß er im Januar des Jahres ohne seine Schuld und allein durch eine fehlerhafte Entscheidung der von ihm jetzt und darum angeklagten Leitungen vierzig Mark eingebüßt habe.

In jenem ersten Monat des Jahres war an alle im Betrieb tätigen Personen eine Prämie gezahlt worden, die, versprochen schon bei der Anfertigung der vorgesehenen Stückzahl Stühle, diesmal, in der Folge einer gesteigerten Produktion vermittels hier nicht weiter interessierender, rationeller gestalteter Arbeitsabläufe, über der erwarteten Geldsumme lag.

Hubert K. vermißte allerdings nach kurzer Überprüfung des bekanntgegebenen Verteilungsmodus vierzig Mark bei der ihm überreichten Summe und erfuhr, nach einer weiteren und diesmal genaueren Berechnung seiner Prämie, die ihn zu gleichen Ergebnissen führte, nämlich zu einem gleich hohen Fehlbetrag, daß man ihm wie allen anderen, die im vergangenen Jahr durch Krankheit gezwungen waren, einige Arbeitstage dem Betrieb fernzubleiben, eine entsprechende Geldsumme abgezogen hatte. Tatsächlich war er im März und April infolge eines Nierenleidens dreizehn aufeinanderfolgende Tage verhindert gewesen, seine Arbeit zu verrichten. Hubert K. war über die geschrumpfte Geldsumme, weit mehr jedoch über die ihm gegebene Begründung erbost, die ihm ein Ausdruck *unsozialer Denkungsart* schien.

Zwei Damen, die mit ihm im Büro arbeiteten und von denen eine gleichfalls die Minderung ihrer Prämie einer Krankheit wegen hatte hinnehmen müssen, versuchten, ihn zu beschwichtigen, darauf verweisend, daß er ja, gleich ihnen, mehrere hundert Mark zusätzlich erhalten habe, was eine erfreuliche, zusätzliche Geldeinnahme und ein mehr als hinreichender Grund sei, an diesem Nachmittag –

wir erinnern uns, es war im Januar – bei Kuchen und einem Täßchen Kaffee einander zu erzählen, welche Anschaffungen jeder für die nächsten Tage beabsichtige. Als eine der Damen aufstand und sich anbot, den Kuchen nicht wie sonst üblich in der betriebseigenen Kantine, sondern in einer in der Nähe des Werksgeländes befindlichen Konditorei zu kaufen, äußerte Hubert K., es gehe ihm keineswegs um bloße vierzig Mark, vielmehr um ein Prinzip, und darum sehe er bedauerlicherweise keinen Anlaß zu einer Kaffeerunde.

An jenem Nachmittag arbeitete er verärgert, aber ansonsten ungestört an seinem Schreibtisch, da sich die zwei Damen entschlossen hatten, in einem benachbarten Zimmer mit zugänglicheren Kollegen die zwar erwartete, doch überraschend hohe Prämie zu feiern.

Als er am späten Nachmittag dieses für ihn, wie er meinte, unerfreulichen Tages seine Frau, Elvira K., Angestellte der Deutschen Post in H., in der gemeinsamen Wohnung antraf, nötigte er sie, sich in aller Ausführlichkeit die an ihm – aber auch an anderen, wie er betonte – begangene Ungerechtigkeit anzuhören, und nur unwillig, und erst nach ihren drängenden Fragen, berichtete er auch, an diesem Tag mehrere hundert Mark als die schon angekündigte Jahresprämie erhalten und nach Hause gebracht zu haben. Er war nicht bereit, an dem gleichen Abend einen bereits ausgesuchten und bei einer Verkäuferin hinterlegten Mantel zu erwerben, noch bei einer Flasche Wein im engen Familienkreis das außergewöhnliche Ereignis zu würdigen, wie es an sich bei solchen und ähnlichen Gelegenheiten ihm und seiner Frau zur Gewohnheit geworden war.

Wenn wir von gelegentlichen, aber seltener werdenden verärgerten Anmerkungen Hubert K. s und einem bald verebbenden Spott seiner beiden Kolleginnen absehen, war für alle Beteiligten jene *Prämienminderung* aus Krankheitsgründen schnell vergessen, oder genauer: scheinbar vergessen. Denn ein dreiviertel Jahr später, als Hubert K. mit seiner Frau Elvira und dem vierjährigen Konstantin an seinem Urlaubsort, einem Bungalowdorf seines Betriebes an einem Brandenburger See, eintraf, sollte es sich zeigen, daß eben dieser Vorfall keineswegs aus dem Bewußtsein unseres Helden gelöscht war, sondern sich vielmehr, und vielleicht nur, weil die ganze Angelegenheit im Januar nicht restlos geklärt worden war, schmerzend in die Gedankenwelt Hubert K. s eingebohrt hatte.

Die thüringischen Urlauber des Bungalowdorfes nämlich nahmen zusammen mit anderen Gästen, Urlaubern aus Sachsen, wohnhaft in einer mittelgroßen Industriestadt bei Bitterfeld, die Mahlzeiten in einer weißgetünchten Baracke ein, wobei sich schon in den ersten Tagen verschiedene neue Bekanntschaften ergaben, und so auch Hubert K. und seine Frau die Familie eines Ingenieurs für Großdrehmaschinen kennenlernten.

Man traf sich bald regelmäßig zu den Mahlzeiten an einem gemeinsamen Tisch, unternahm Wanderungen durch die kärglichen Wälder in der Umgebung, lagerte bisweilen in der Nähe des Sees, um die spielenden und badenden Kinder zu beaufsichtigen. Dabei ergab es sich, daß man auf die Auszahlung der Jahresprämie zu sprechen kam, die, da sie eine neuere Einrichtung war, von den Betrieben unterschiedlich gehandhabt wurde und somit Anlaß genug zu differierenden Meinungen gab.

Der Ingenieur für Großdrehmaschinen hörte Hubert K. mit Aufmerksamkeit zu, als dieser von der seiner Meinung nach ungerechten Minderung der Prämie aus Krankheitsgründen berichtete, und erwiderte anschließend, daß eine ähnliche Streitfrage auch in seinem Betrieb diskutiert und mit Hilfe des Kreisvorstandes der Gewerkschaften zugunsten der Benachteiligten, also der im Vorjahr Erkrankten, entschieden worden war. Der Ingenieur forderte Hubert K. auf, die Angelegenheit keinesfalls auf sich beruhen zu lassen, sondern, zumal es ja nun *Präzedenzfälle* – wie er sich ausdrückte – in der Republik gäbe, bis zu einer für ihn günstigen Klärung energisch auf seiner konträren Haltung zu bestehen. Den Einwand der Elvira K., daß es sich im gegebenen Fall nur um einen Streitwert von vierzig Mark handle, tat der Ingenieur mit einer Handbewegung und einem mitleidigen Lächeln ab sowie der Erklärung, daß es sich bei den vergleichbaren Fällen in seinem Betrieb niemals um eine höhere oder niedrigere Geldsumme gehandelt habe, sondern um den Grundsatz gerechter Verteilung, ja, um Gerechtigkeit schlechthin. Von diesen Äußerungen erfreut, war Hubert K. interessiert, in der verbleibenden Zeit des Urlaubs verschiedene Unternehmungen gemeinsam mit dem Ingenieur und dessen Frau in Angriff zu nehmen – wie eine Fahrt in die nahe gelegene Stadt Brandenburg, um Einkäufe zu tätigen, oder in den etwas entfernteren Cäcilienhof, wo dem Besucher verschiedenste Exponate eines denkwürdigen Ereignisses der jüngeren deutschen Geschichte gezeigt werden.

An dem regnerischen Tag, den man sich für die Fahrt zu dem erwähnten Cäcilienhof aussuchte, gingen die beiden Ehepaare, die ihre Kinder in der Obhut einer älteren, alleinstehenden Dame am Urlaubsort gelassen hatten, nach dem Besuch der Gedenkstätte und dem Kauf einiger Fotos, auf denen die Staatsmänner des bedeutsamen Treffens für die künftigen Besucher festgehalten waren, in eine der Potsdamer Gaststätten, um ausnahmsweise dort ihr Mittagessen einzunehmen. Hubert K., der zu diesem Zeitpunkt fest entschlossen war, den ihm von seinem Betrieb vorenthaltenen Restbetrag der Prämie nach Beendigung des Urlaubs erneut anzufordern, unterrichtete während des Verzehrs der Mahlzeit den Ingenieur für Großdrehmaschinen und dessen Frau über seinen gefaßten Beschluß. Der Ingenieur nahm die Mitteilung beifällig, aber diesmal wesentlich uninteressierter auf, was Elvira K., die in den

Tagen nach dem berichteten Gespräch zwischen ihrem Mann und dem Ingenieur über die so unterschiedlich gehandhabte Auszahlung der Jahresprämie mehrfach von Hubert K. um ihre Ansicht zu dem wiederaufgetauchten Problem befragt und deutlich ihr grundsätzliches Desinteresse bekundet hatte, was sie also jetzt bewog, ihren Mann darauf hinzuweisen, daß seine, vielleicht nicht in der entsprechenden Höhe ausgezahlte, aber dennoch erhebliche Prämie ihnen in diesem Jahr einen solchen Urlaub erst ermöglicht habe. Denn, fügte sie, zum Ingenieur und dessen Frau gewandt, hinzu, sie seien ein junges Ehepaar und hätten bislang ihre Spargelder für die Einrichtung ihrer Wohnung benötigt.

Auch diesmal erschien Hubert K. ein solches Argument nicht einleuchtend, und er tat den Einwand seiner Frau mit einem schon unfreundlichen Darum-ja ab. Der Ingenieur, Elviras Hand ergreifend, bemerkte dazu, wenn er, Hubert K., wider alles Recht sich in seinem Betrieb kein Gehör verschaffen könne, er bis zum Gericht gehen solle. Hubert K. wies das von sich. Die Bemerkung des Ingenieurs kränkte ihn, da dieser, wie er meinte, seine Angelegenheit nicht mit dem nötigen Ernst betrachte.

Die letzten Urlaubstage verliefen in großer Harmonie. Hubert K. bedauerte dieses Jahr weniger, daß die erholsamen Tage so bald zu Ende gingen, da er mit einer leichten, ihn freudig stimmenden Erregung den Arbeitsbeginn geradezu herbeisehnte, um dann so rasch wie möglich seine unveränderte Haltung zur Verteilung der Jahresprämie erneut den verantwortlichen Kollegen zu bekunden, in der Hoffnung auf eine *vernünftige Korrektur* des geschehenen Unrechts, zumal er seine Ausführungen zum Thema diesmal mit Beispielen aus einem anderen Betrieb festigen konnte und wollte.

Enttäuscht in ihren Urlaubserwartungen war jedoch Elvira K., die sich durch den Eifer ihres Gatten um eine, wie sie sagte, Lappalie vernachlässigt fühlte und, wohl nicht zu Unrecht, ihrem Ehemann mangelnde Zärtlichkeit vorwarf, ihn auch an *gewisse Ehepflichten* erinnerte, die anzumahnen sie besonders im Urlaub hoffte, keine Veranlassung zu haben. Hubert K. verärgerte die Bezeichnung Lappalie dermaßen, daß er weder auf die weiteren Vorwürfe seiner Frau einging, noch sich um ein freundliches oder liebevolles Verhalten ihr gegenüber bemühte.

So war es nicht verwunderlich, daß Elvira K. auf die vieldeutigen Worte und scheinbar zufälligen Berührungen des Ingenieurs einging, dem die wesentlich jüngere Frau äußerst reizvoll erschien.

Nach einem gemeinsamen Bad im See, das sich an ein Abendessen anschloß, erlaubte er sich, Elvira K. unter den Bademantel zu greifen, wobei er, ein kleines chinesisches Frotteetuch in der Hand, vorgab, ihr beim Abtrocknen behilflich zu sein. Und wenn Elvira solche Hilfeleistung auch zurückwies, war nicht zu übersehen, daß sie die Annäherungen des Ingenieurs für Großdrehmaschinen wohlwollend aufnahm.

Es wäre in der Tat wohl noch mehr zu berichten, wenn nicht die Frau des Ingenieurs, über die nebenehelichen Neigungen ihres Mannes durch mehr als ein Beispiel hinreichend informiert, ein intimeres Beisammensein der beiden zu verhindern wußte, was ihr letztlich nur durch die fällig gewordene Abreise des Hubert K. und seiner Familie vom Urlaubsort möglich war.

In seinem Heimatort H. angelangt, ging Hubert K. wenige Tage später, nach einem vergeblichen Versuch, die Gewerkschaftsleitung seines Betriebes umzustimmen, zu dem Vorsitzenden der Konfliktkommission, um, wie schon erwähnt, nunmehr sein Geld auf diesem energischen Wege einzuklagen. Wenn auch der Vorsitzende, der Meister aus dem Bereich der Vorfertigung, ihn anfangs von der Nichtigkeit seines Klagegegenstandes überzeugen wollte, sicherte er Hubert K. doch zu, alsbald eine Sitzung anzuberaumen, um dem Kläger zu seinem Recht – oder, wie er sagte, zu einer *Rechtsbelehrung* – zu verhelfen. Und Anfang Oktober erschien tatsächlich am Schwarzen Brett des Verwaltungsgebäudes die maschinengeschriebene Mitteilung, daß am Zwölften des Monats eine Klage verhandelt werde: Hubert K. gegen Betriebs- und Gewerkschaftsleitung der volkseigenen Stuhlfabrik.

Hubert K. erwog zu dieser Zeit, sein Begehren bei dem Vorsitzenden der Konfliktkommission wieder rückgängig zu machen, da ihm diese Ankündigung allein genügte, um seinem gestörten Rechtsgefühl ausreichend Genugtuung zu geben. Er glaubte, die Ansetzung der Verhandlung sei gleichbedeutend mit der von ihm angestrebten Korrektur, so sehr war er von der Unhaltbarkeit der Leitungsentscheidung überzeugt, so fest glaubte er sich mit seiner Ansicht auf der Seite der Gesetze.

Wenn er dennoch keine Anstalten unternahm, beim Meister im Bereich der Vorfertigung in dessen Funktion als Vorsitzender der Konfliktkommission zu beantragen, die schon einberaumte Verhandlung abzusetzen, so haben wir die Ursache in den Sticheleien seiner Frau Elvira zu sehen, der das beantragte Verfahren so unaussprechlich lächerlich dünkte, daß sie keinen Abend ausließ, ihn ironisch mit Amtstiteln aus der Justiz- und Staatsbeamtensphäre zu bezeichnen und sich auch vor dem vierjährigen Sohn in beleidigender Weise über das Ansinnen ihres Mannes ausließ, was Hubert K. besonders schmerzlich empfand. Ein weiterer Grund, von seinem ursprünglichen Plan nicht abzugehen, ergab sich für Hubert K. aus dem Verhalten seiner beiden Kolleginnen, die sich nach Erscheinen der Mitteilung am Schwarzen Brett interessiert über den zur Diskussion anstehenden Fall und seine Hintergründe erkundigten und es in der folgenden Zeit verstanden, darin Elvira K. ähnlich, den Ärger ihres Kollegen mit unernst gemeinten Ratschlägen zu erregen. Auch vergaßen sie nicht, weitere Mitarbeiter über die Angelegenheit, besonders aber über ihre gegensätzlichen und wie sie meinten, vernünftigen Ansichten des *gesunden Menschenverstandes* zu informieren, so daß Hubert K. häufig von Kollegen angesprochen wurde, die er bisher höchstens flüchtig gegrüßt hatte, und wohlwollende, aber auch bissige Belehrungen erhielt, wie er sich in der bevorstehenden Sitzung zu verhalten habe, um sein Recht durchzusetzen. Dies sowie die von verstohlenem Lächeln begleiteten Blicke der Angestellten, die ihn zumeist im Speiseraum der Stuhlfabrik trafen und die Hubert K. – ob zu Recht, muß dahingestellt bleiben – als eine verächtliche Herabsetzung seiner Person aufnahm, bewogen ihn, mit großer Hartnäckigkeit auf seiner Klage zu bestehen. Dabei ging er keineswegs, wie man vielleicht vermuten möchte, niedergeschlagen durch das Werk und in sich zurückgezogen, nein, diese kleinen Anspielungen und Unhöflichkeiten munterten ihn geradezu auf, so daß aufmerksameren Beobachtern, als es seine zwei Kolleginnen waren, nicht entgehen konnte, daß er mit Freude, mit Entschlossenheit, ja, mit Stolz über seinen Rechenbogen saß.

Wie mußte es ihn da aufs tiefste erschüttern, als er am zwölften Oktober den Beschluß der Konfliktkommission seines Betriebes entgegennahm, in dem seine Klage als *unbegründet* zurückgewiesen wurde!

Die Sitzung fand im Speiseraum des Betriebes statt, und außer den Beteiligten hatten sich noch etwa vierzig Kollegen eingefunden, die der Verhandlung beiwohnen wollten. Nach Verlesen des gefaßten Beschlusses breitete sich im Saal augenblicklich eine lärmende Heiterkeit aus, welcher der Vorsitzende der Kommission nicht Herr werden konnte, auch wohl nicht wollte, da er ohnehin nur die Sitzung noch formell zu beenden hatte.

Ein großer Teil der anwesenden Zuhörer gab beim Verlassen des Raums einer nahezu unverhohlenen Schadenfreude überlaut Ausdruck, und zweifellos hätten diese Bemerkungen ihren Adressaten auch erreicht, der aber saß in sich versunken auf seinem Stuhl, allen äußeren Einwirkungen scheinbar nicht mehr zugänglich.

Hubert K. hatte die Ausführungen des Sitzungsleiters wohl vernommen, auch ihre hauptsächliche Bedeutung, die Klagezurückweisung, verstanden, dennoch schien es ihm, als sei alles um ihn, der Raum, die Personen, der verlesene Beschluß, ein Traum, eine quälende Erscheinung, die ebenso schnell verschwunden sein würde, wie sie auf ihn eingestürmt war. Mühsam verdeutlichte er sich, daß es nichts weniger als eine bloße Einbildung sei; und obgleich ihm alles unbegreiflich blieb: Es war, er begriff es nur langsam, sein wirkliches Leben.

Eine ältere, blondierte Dame, Sekretärin in der Kaderleitung, teilte ihm schließlich mit, bis wann er eine Abschrift des Beschlusses erhalten werde und drückte ihm einen Vordruck in die Hand, eine *Belehrung* über weitere ihm zur Verfügung stehende Rechtsmittel.

Hubert K. kam an diesem Tag erst gegen Mitternacht nach Hause. Elvira K., die bereits schlief, wurde durch den von ihm verursachten Lärm geweckt und verbat sich jede weitere Störung der Nachtruhe. Ungeachtet ihres Einwandes unterrichtete der angetrunkene Ehemann sie darüber, daß er und ein gewisser Bernie – ein Name, der hier zum ersten und einzigen Mal auftaucht und den später keine der beteiligten Personen, selbst Hubert K. nicht, irgendeinem Bekannten eindeutig wird zuordnen können –, daß also er und der erwähnte Bernie beschlossen hätten, nunmehr, nach der feigen und unterwürfigen Entscheidung einer *leitungshörigen Kommission*, wie er im Rausch sich ausdrückte, das zuständige Gericht anzugehen, was ihm als einem *freien Bürger* zustehe. Elvira K. verlangte daraufhin, daß er sich augenblicklich mit seinem Kopfkissen und der Daunendecke ins Wohnzimmer verfügen und nicht ihr und dem Sohn Konstantin den dringend benötigten Schlaf rauben möge.

Hubert K. schlief in dieser Nacht zum ersten Mal in den viereinhalb Jahren seiner Ehe im Wohnzimmer.

Der an der Theke gefaßte Beschluß, seine Klage bis zum Kreisgericht zu tragen, überdauerte auch die herbe und kalte Stunde des morgendlichen Aufstehens; dem ausgenüchterten Mann erschien der Plan als die überhaupt einzig mögliche Antwort auf die für ihn so erniedrigende Veranstaltung des Vortags, und gern hätte er die Vormittagsstunden zur Erhebung der Klage benutzt, wenn er nicht befürchten müßte, daß ein Fernbleiben an diesem Tag der Bosheit und üblen Nachrede einiger Kollegen neue Nahrung geben würde. So beschloß er, erst am Nachmittag das örtliche Justizgebäude aufzusuchen und verabschiedete sich von seiner Frau, die ihn an diesem Morgen mit zusammengekniffenen Lippen wortlos und verächtlich anstarrte.

In seinem Arbeitsraum sprachen die zwei schon anwesenden Damen über die gestrige Verhandlung, versuchten jedoch vergeblich, Hubert K. in ein Gespräch zu ziehen. Er schwieg beharrlich, und dieses Schweigen bewirkte, daß nicht nur seine beiden Kolleginnen, sondern auch andere Mitarbeiter bald uninteressiert daran waren, seine Verhandlung vor der Konfliktkommission weiter zu erörtern, und sich die Witzeleien der Kollegen anderen und ergiebigeren Gegenständen zuwandten.

Weitaus schwieriger gestaltete sich für unseren Helden in der folgenden Zeit das gemeinsame Leben mit Elvira. Nach dem abschlägigen Beschluß der Betriebskommission nahmen die sarkastischen Bemerkungen der Ehefrau an Schärfe zu, ja, an manchen Tagen beschränkte sich die Kommunikation der Eheleute völlig auf die anzüglichen Worte Elviras.

Zu einem ersten, nicht anders als hysterisch zu bezeichnenden Ausbruch der Ehefrau kam es, als im Januar des folgenden Jahres – ein Jahr nach der Auszahlung der um vierzig Mark gekürzten Geldprämie an Hubert K. – *vom Kreisgericht* der Bescheid eintraf, daß am zweiten Februar die Klage: Hubert K. gegen Betriebs- und Gewerkschaftsleitung der volkseigenen Stuhlfabrik H. zur Verhandlung komme, wonach der Kläger verlange, den Beschluß der Konfliktkommission vom Oktober aufzuheben, die Stuhlfabrik zu verurteilen, die ihm widerrechtlich vorenthaltene Differenz zwischen der ihm gezahlten und der ihm zustehenden Jahresprämie in Höhe von vierzig Mark auszuzahlen sowie die Auslagen des Verfahrens dem Beklagten aufzuerlegen. Elvira K. war über den Antrag ihres Mannes nicht informiert, und ihre Sticheleien hatten sich bislang nur auf die Verhandlung vor der Konfliktkommission bezogen und, hier war vielleicht der tiefere Grund für das jetzt weitgehende *Zerwürfnis* der Eheleute, auf das seit mehr als einem Vierteljahr völlige Ausbleiben intimer Beziehungen zwischen ihnen beiden. Bei der vernachlässigten Ehefrau verstärkte sich nach dem Urlaub die auch körperlich empfundene Abneigung gegenüber dem Partner, dessen Anliegen – eine Ungerechtigkeit nicht zuzulassen, selbst wenn sie von geringerer Bedeutung sei – ihr banal und unmännlich erschien und getragen von einem kleinlichen, engherzigen Geist. Hubert andererseits bezeichnete ihre Haltung als lieblos gegenüber seiner Person und dumm und kurzsichtig in der Sache.

So war man sich in der gemeinsamen Wohnung aus dem Weg gegangen und vermied es, bis auf die knappen Absprachen der Eheleute über Einkäufe und Betreuung des Sohnes, miteinander zu reden. Selbst die bösartigen Bemerkungen Elviras wurden seltener, was insofern bemerkenswert ist, da diese Hubert so verletzenden Ausdrücke vielleicht aus dem Bestreben heraus erfolgten, die Beziehungen zwischen ihnen zu verbessern; sie mögen ein untauglicher Versuch Elviras gewesen sein, in der Hoffnung, eine wie auch immer geartete Antwort Huberts zu erhalten, die dann, wie sie hoffen mochte, zu einem beiderseitigen Entgegenkommen führen würde. Diese Vermutung, zugegebenerweise paradox klingend, in unseren Bericht mit aufzunehmen, scheint insofern gerechtfertigt, als Elvira wiederholt ihren Mann zu seinem Rechtsbegehren angesprochen hatte, wenn auch in der beschriebenen, beleidigenden Form.

Die Mitteilung des Kreisgerichts, auf die Elvira mit krankhafter Erregung reagierte, führte zu einem verstärkt mißlichen Verhältnis der Eheleute, was sich dadurch verdeutlichte, daß Hubert K. von dem Tag an ständig im Wohnzimmer schlief und Elvira ihre Abende, sofern sie nicht allein ausging, was jetzt häufiger zu geschehen pflegte, im Schlafzimmer verbrachte. So lebten sie, jeder für sich, immer bereit, zueinander zu finden, ja, es in der Nacht mit Tränen herbeisehnend und gleichzeitig unversöhnlich, einig nur darin, dem anderen mit keinem Schritt, nicht einem einzigen entgegenzukommen. War einer von ihnen mit dem Sohn allein in der Wohnung, wurde dieser unter heftigem Streicheln mit Worten, Klagen und verzweifelten Tränenausbrüchen überschüttet, was das Kind außerordentlich verwirrte. Allerdings war Hubert K. durch den Gedanken an ein baldiges klärendes Urteil gefaßter als seine Frau, da er zu der Zeit annahm, daß sich ihr Zusammenleben nach einer gerichtlichen Feststellung seines gerechten Anspruchs vermittels der Justizorgane und der, wie er meinte, damit verbundenen Wiederherstellung seines Ansehens bei seiner Frau glücklicher gestalten würde.

Mit weit gespannten Hoffnungen erwartete er den Termin des Prozesses und reagierte nur mit müdem, verzeihendem Lächeln auf den wieder beginnenden Spott seiner Kollegen in der Stuhlfabrik, ein Spott, der diesmal mit belustigter Hochachtung gemischt war, angesichts des bevorstehenden Streites ihres Buchhalters mit der Leitung des Betriebes vor einem ordentlichen Gericht.

Die Gewerkschaftsleitung bat Hubert K. vor dem Gerichtstermin zu einer Aussprache, in der sie ihn ersuchte, die Klage zurückzuziehen, und ihm – wie aus einer Aktennotiz zu ersehen ist, – bittere Vorwürfe wegen seines betriebsschädigenden Verhaltens machte. Hubert K. reagierte beherrscht und zurückhaltend, aber ablehnend darauf; das Gespräch verlief ergebnislos.

Am zweiten Februar um zehn Uhr fünfunddreißig wurde der Prozeß *Hubert K. gegen Volkseigene Stuhlfabrik* im Gebäude des Kreisgerichts und unter lebhafter Beteiligung der Kollegen und Nachbarn des *Klägers* eröffnet. Schon nach einer Stunde und vierzig Minuten konnten die behördlicherseits angestellten Schreibkräfte mit der Anfertigung der Prozeßakte für das Gerichtsarchiv beginnen. Der angeklagte Betrieb war in allen drei zur Verhandlung stehenden Punkten freigesprochen worden. Die Prozeßkosten, die sich auf insgesamt zweihundertvierunddreißig Mark und vierundfünfzig Pfennige beliefen, hatte nach den Worten des verhandlungsführenden Richters der Kläger, also Hubert K., zu zahlen. Unter dem Beifall der Zuhörer und begleitet vom wohlwollenden Nicken der Beisitzer hatte der Vertreter der Betriebsleitung noch im Gerichtssaal erklärt, wobei er Hubert K. seine Hand demonstrativ entgegenstreckte, der Prozeß würde in keiner Weise das Verhältnis der Betriebsleitung zu dem Kollegen Buchhalter beeinträchtigen, vielmehr erhoffe die Stuhlfabrik nun wieder eine vertrauensvolle Mitarbeit des stets *hochgeschätzten Kaders*. Hubert K., dem schon im Verlauf des Prozesses deutlich wurde, daß seine Klage auch hier abgewiesen werden würde, stand auf, und mit unbewegtem Gesicht verkündete er lediglich, daß er nunmehr auf alle weiteren Rechtsschritte in dieser Sache *verzichten* werde. Der vorsitzende Richter, der nicht zu Unrecht hinter dieser Bemerkung ein Unbehagen des Klägers an dem verkündeten Urteil verspürte, fügte vor Aufhebung der Verhandlung seiner abschließenden Rede ein paar, an Hubert K. gerichtete Worte an, über Rechtsprechung und Gesetzlichkeit, über Pflicht und Einsicht.

Elvira K., die der Verhandlung nicht beiwohnte, erfuhr von deren Ausgang erst am Nachmittag, als sie in einem ihrer Wohnung benachbarten Gemüseladen einen Kauf tätigen wollte. Die Besitzerin der Verkaufsstelle erzählte der nur widerwillig zuhörenden Frau, was sie von ihrem Mann, einem Invalidenrentner, der seine Vormittage auf dem Gericht zu verbringen pflegte, gehört hatte, wobei sie mit ausschmückenden Details nicht sparte, was wiederum Zustimmung oder Widerspruch anderer im Laden anwesender Kunden hervorrief. Elvira K. war es unangenehm, im Mittelpunkt des öffentlichen Interesses zu stehen, gleichzeitig entdeckte sie bei sich eine mitleidige Regung für ihren Mann, wenn auch ihre Verärgerung überwog, da sie, wie sie später sagte, durch Hubert auf so peinliche Weise unter die Leute gekommen sei.

Als sie mit dem Sohn, den sie aus einem der städtischen Kindergärten abholte, nach Hause kam, traf sie ihren Gatten nicht allein an. Bei ihm war ein junger, elegant gekleideter Mann, der sich ihr als Johannes B. vorstellte, Mitarbeiter des Kreisvorstandes der Gewerkschaft zu H.

Herr B. hatte als Beobachter an dem Prozeß teilgenommen und war von der *Unhaltbarkeit* der behördlichen Entscheidung so fest überzeugt, daß er am gleichen Tage noch Hubert K. aufsuchte und nun in ihn drang, von seinem Entschluß, die Angelegenheit nicht weiter zu betreiben, Abstand zu nehmen. Und obgleich er ihm für alle weiteren Schritte seine Unterstützung zusicherte, konnte er den verstörten Hubert K. nicht bewegen, beim Bezirksgericht in Suhl eine *Revision oder Wiederaufnahme* seines Prozesses zu beantragen.

Er mußte unverrichteter Dinge die Wohnung verlassen,

versprach aber, daß man von ihm hören werde, da der gefallene Entscheid keineswegs eine Privatsache des Klägers sei, sondern von grundsätzlicher Bedeutung für die gewerkschaftliche Arbeit.

Elvira K. versuchte ihrem Mann mit Freundlichkeit zu begegnen, da sie bemerkte, wie sehr ihn der Urteilsspruch verletzt hatte, aber sei es, daß seine gekränkte Ehre nach nichts anderem weniger verlangte als einem Gespräch mit seiner Frau, sei es, daß Elvira mit ungeschickten Worten auf die sonst von ihr nur spöttisch bedachte Affäre zu sprechen kam oder daß sich die Eheleute schon zu weit entfremdet hatten: wenn auch Hubert und Elvira K. an diesem Nachmittag miteinander sprachen, sie hatten sich nichts zu sagen. Und so sollte es bleiben. Noch für acht lange Wochen lebten sie gemeinsam und doch nicht zusammen in ihrer kleinen Wohnung.

Johannes B., der junge Mitarbeiter der Gewerkschaft, erst vor einem Jahr von der Hochschule nach H. gekommen und *mit zuviel Ehrgeiz* versehen, um sich in einer kleinen Stadt einzurichten, schrieb mit großer Ausführlichkeit über den stattgefundenen Prozeß an den Bundesvorstand der Gewerkschaften nach Berlin, da er in seiner eigenen Dienststelle kein Gehör für seinen Protest fand und der übergeordnete Bezirk andererseits den hochgespannten beruflichen Erwartungen des jungen Mannes nicht als ein ausreichender Partner erschien. Nach einem zweiten, eindringlicheren Brief, in dem Johannes B. die später vielzitierte Äußerung: *Ich habe kein Vertrauen mehr in die sozialistische Gesetzlichkeit,* Hubert K. in den Mund legte, bekam er aus Berlin die Antwort, daß der Bundesvorstand entschlossen sei, einen gültigen, verbindlichen Entscheid herauszufordern und beim Präsidenten des Obersten Gerichts in Berlin die *Kassation des Urteils* angeregt habe; auch sei bereits von diesem entschieden worden, einen Kassationsantrag zugunsten von Hubert K. zu stellen, und man erwarte in wenigen Wochen die Wiederaufnahme des Verfahrens in H.

Mit diesem Bescheid eilte Johannes B. zu Hubert K., der mit unsicherer Freude und dankbarer Verwirrung auf die Ankündigung reagierte, unsicher, ob der eingeleitete Schritt seiner schwieriger gewordenen Stellung im Betrieb förderlich sei, beglückt von der Aussicht, Recht zu erhalten, und auch davon, nicht mehr selbst und nicht mehr allein seinen Anspruch verwirklichen zu müssen.

Elvira K., die bislang gehofft hatte, daß sich nach einigen Wochen oder auch Monaten ihre Beziehungen zu Hubert K. günstiger und vielleicht wieder glücklich gestalten würden, gefördert von den kleinen Gewohnheiten eines ehelichen Zusammenlebens, schockierte die Vorstellung eines neuen Prozesses dermaßen, daß sie umgehend und ohne sich mit ihrem Mann abzusprechen in ihrer Dienststelle um unbezahlten Urlaub ersuchte, ihre Koffer packte und mit dem Sohn zu ihrer Großmutter nach Erfurt reiste. Briefe ihres Ehemannes, der von der Großmutter über den Aufenthaltsort der beiden informiert wurde, in denen er um die Rückkehr seiner Familie, zumindest um eine klärende Aussprache bat, blieben unbeantwortet.

Am letzten Mittwoch im April, wenige Minuten nach zehn Uhr früh, trafen, vielbeachtet, zwei große, schwarze Staatslimousinen vor dem Gebäude des Kreisgerichts in H. ein. Der amtierende Oberrichter der Stadt empfing auf der Vortreppe den Vertreter des Präsidenten des Obersten Gerichts, zwei seiner Mitarbeiter und drei Herren des Bundesvorstandes der Gewerkschafter. Mit einer halbstündigen Verspätung infolge einer Autopanne traf der Vertreter, des Generalstaatsanwaltes des Bezirkes Suhl in einer Taxe ein, und nachdem die Herren einen kleinen Imbiß zu sich genommen hatten, begann um elf Uhr dreißig das Kassationsverfahren, beantragt vom Obersten Gericht zugunsten des Hubert K.

Nach einer dreistündigen Verhandlung, in der die Vertreter des Werkes und der betrieblichen Gewerkschaftsleitung über ihre fehlerhafte Entscheidung belehrt wurden, beschloß das Gericht, das Urteil vom Februar aufzuheben und die volkseigene Stuhlfabrik zu verurteilen, die Kosten dieses Verfahrens wie die der ersten Instanz zu tragen. Vor allem aber wurde der Verklagte verurteilt, die volle Jahresprämie an Hubert K. auszuzahlen, ihm also die seit fünfzehn Monaten vorenthaltenen vierzig Mark unverzüglich zu übereignen.

In der Verhandlung wies der Vertreter des Präsidenten des Obersten Gerichts wiederholt darauf hin, daß durch ein nicht zu billigendes, leichtfertiges Verfahren der Kläger *in schwere Konflikte* mit unserer Gesellschaft, ja, daß er sogar in seinem Betrieb als ein engstirniger Federfuchser in Verruf gekommen sei. Das *zu revidieren, so* schloß der Richter seine Ausführungen, sei vielleicht die vornehmste Aufgabe der heutigen Verhandlung gewesen.

Hubert K., dem verschiedene Kollegen im Anschluß an die Verhandlung beschämt, aber um so herzlicher gratulierten, feierte an dem Abend dieses für ihn so denkwürdigen und freudigen Tages allein in der verlassenen Wohnung seinen schließlich erfolgreichen Kampf, in dem er, so rasch ermüdet nach ersten Versuchen, sich in der Welt sein Recht zu verschaffen, auf die außerordentlichste Weise von dieser Welt darin unterstützt wurde. Er feierte in der verlassenen, aber noch ihm und Elvira gemeinsamen Wohnung, die Hubert K. erst ein Vierteljahr später, nach der *erfolgten Scheidung* von seiner Frau, zugesprochen wurde, da diese nicht beabsichtigte, wie sie vor der Scheidungsrichterin sich ausdrückte, in ihrem Leben jemals wieder einen Fuß in die Stadt H. zu setzen.

Nach der vollzogenen Trennung schrieb die Großmutter Elviras, die den jungen Ehemann ihrer Enkelin stets mit Wohlwollen betrachtet hatte, des öfteren Briefe an Hubert

K., in denen sie ihm vom Aufwachsen seines Sohnes Konstantin berichtete, nicht ohne sich dabei über Elvira zu beschweren, die sich, jedenfalls nach den Ausführungen der Großmutter, häufig mit verschiedenen älteren Herren in Erfurt einließ. Kurz vor ihrem Tode, ein Jahr nach der Scheidung des Ehepaares K., schrieb ihm die alte Dame in ihrer zittrigen, schwer lesbaren Sütterlinschrift, er sei doch *ein verfluchter Gottesnarr.*

# Die russischen Briefe des Jägers Johann Seifert

Nur zögernd veröffentlichen wir die folgenden Briefe des Jägers Johann Seifert, des Kammerdieners Alexander von Humboldts und späteren königlichen Castellans eines Jagdschlosses Friedrich Wilhelms IV. Der mögliche Wert dieser Publikation wird durch mangelnde Sorgfalt der Umschrift erheblich eingeschränkt, so daß wir nicht mit der gewohnten Wissenschaftlichkeit überprüfte und gesicherte Historie vorlegen können. Doch da unsere langjährige Transkriptorin das Rentenalter erreichte, wir andererseits eine so gewichtige Quelle wie die Seifertschen Briefe nicht einer unerfahrenen Kraft anvertrauen wollen, sehen wir uns in der Verlegenheit, einen beachtlichen Fund für Jahre zu verschweigen oder umgehend, jedoch in fragwürdiger Gestalt vorzustellen. Unsere Zentrale Forschungsstelle entschloß sich, einer ersten, vorläufigen Publikation der Briefe zuzustimmen, die für breite Kreise von Interesse sein dürfte und der Fachwelt die Entdeckung der Briefe zumindest annonciert.

Bei diesem Druck, der unzulänglich und quasi mehr von schöngeistigem als wissenschaftlichem Wert ist, möchten wir schon jetzt darauf verweisen, daß wir noch vor Ablauf eines Jahrzehnts die Briefe vollständig und mit einem historisch-kritischen Kommentar versehen der Wissenschaft zugänglich machen wollen.

Von den bislang entdeckten 37 Briefen werden hier lediglich 23 vorgelegt, da der Verlag mich nötigte, die allein wissenschaftlich ergiebigen Manuskripte auszusondern. Anmerkungen, Ergänzungen und Hinweise auf strittige Stellen (nicht eindeutig entzifferte Schrift, zweifelhafte Orts- und Zeitangaben sowie offenbare Widersprüche zu den bereits als gesichert geltenden Fakta) müssen aus dem gleichen Grund unterbleiben.

Das zweifache Dilemma dieser Publikation wird allein erträglich durch die Fülle vorhandener Literatur zu der in Frage stehenden Sibirienreise, etwa der jedem ernsthaften Gelehrten bekannten Schrift von Gustav Rose (Reise nach dem Ural, dem Altai und dem Kaspischen Meere, Berlin 1837 und 1842) sowie der reichlich vorhandenen Sekundärliteratur, aus der ich für den dilettierenden Historiker hier nur die vorzügliche Biographie Karl Bruhns (Leipzig 1872) erwähnen will.

Der Jäger Johann Seifert (1800-1877) reiste vom 12. April bis zum 28. Dezember 1829 als Kammerdiener Alexander von Humboldts nach Rußland und Sibirien. Humboldt, der die Fähigkeiten und Fertigkeiten des jungen Mannes auf dieser Reise offenbar schätzen lernte, nahm ihn später zusammen mit seiner Frau als Hausmeisterehepaar in seiner Berliner Wohnung am Oranienburger Tor auf. Mehrere Besucher Humboldts berichten von einer besonderen Vertrauensstellung des Dieners, der selbständig darüber entschied, welche der um ein Gespräch bittenden Personen vorgelassen wurden. Belegt ist ferner eine Reise Seiferts nach Paris (1842), die dieser im Auftrage des greisen Gelehrten unternahm. Auch liegen uns Briefe Humboldts an Friedrich Wilhelm IV. vor, in denen er um eine materielle Hilfe für »den treuen Diener, dem durch die Gnade Ew. Majestät zum Castellan ernannten Jäger Seifert, der mich auf meiner sibirischen Expedition begleitet hat«, bittet.

Nach dem Tod des Gelehrten 1859 wird die Familie Seifert Haupterbe der Humboldtschen Hinterlassenschaft, die im wesentlichen aus Manuskripten und Büchern besteht. Ein Versuch Seiferts, das Erbe an das preußische Königshaus zu verkaufen, mißlingt. Das Desinteresse des Hofes an diesem Schatz führte dazu, daß Seifert die Humboldtschen Manuskripte und Bücher einer Londoner Auktionsgesellschaft übergab. Ein Großfeuer in der Auktionshalle vernichtete wenige Wochen nach dem getätigten Geschäft fast die gesamte Humboldtsche Hinterlassenschaft.

Die folgenden, an seine Frau gerichteten Briefe Seiferts, in denen er seinen Dienstherrn Alexander von Humboldt sonderbarerweise als »preussischen Princen Gumplot« bezeichnet, entstanden während seiner Rußland-Reise 1829. Die Briefe erreichten ihre Adressatin offenbar nicht. 1946 wurden sie im ehemaligen Archiv der aufgelösten Geheimen Staatspolizei in der Berliner Prinz-Albrecht-Straße aufgefunden. Zu dieser Zeit als unbedenklich und wertlos klassifiziert, entdeckt man sie dreißig Jahre später erneut. Die Briefe fanden sich, als Makulatur geklebt, hinter der Tapete einer Wohnung in der Berliner Tieckstraße. (Es ist eine bekannte Erfahrung der Geschichtswissenschaft, daß nur die vollständige Dissolution eines umfänglichen Gebildes, wie es ein Staat darstellt, uns zu unbestreitbaren Aussagen über seine Struktur berechtigt und den Begriff seiner Funktion offenbart: die blutgeborenen Testimonien der Historie. Ebenso ist es ein geläufiges Spezifikum des Präboreals, die endlich offenbarten Mysterien der Vorzeit nur mißtrauisch und zögernd öffentlich zu machen.)

Inwieweit wir die noch erhaltenen Briefe Seiferts vollständig besitzen, bleibt vorläufig ungeklärt, da es der Wohnungsbesitzer unserer Forschungsstelle bedauerlicherweise bislang verwehrte, sämtliche Tapeten auf ihre Makulatur hin zu überprüfen. Derzeit untersuchen wir verschiedene Wohnungen in der Umgebung der Fundstelle, wobei die Mißlichkeit, in private Sphären einzudringen und die Tapeten von den Wänden zu entfernen, durch die Hoffnung kompensiert wird, ähnliche Schätze zu entdecken.

Die bislang von uns sichergestellten Dokumente befinden sich in einem heillosen Zustand der Zerstörung, was die oben erwähnten Schwierigkeiten der Deskription zur Folge hat. Auf der Rückseite des jeweils letzten Bogens finden sich der vollständige Name des Schreibers und sein Aufenthaltsort sowie der Name der Adressatin und ihre Berliner Adresse. Neben den amtlichen Poststempeln tragen sämtliche Bogen die Stempel der Petersburger Geheimpolizei sowie verschiedene Dienstsiegel Preußens und des Deutschen Reiches. Nach den Aufdrucken zu schließen, müssen die Seifertschen Briefe in Rußland abgefangen und drei Jahre später von der Petersburger Geheimpolizei an ihre preußischen Kollegen übergeben worden sein. Für die Annahme, daß Ludmila bzw. Mila Seifert die Briefe ihres Gatten je zu Gesicht bekam, gibt es keinen Anlaß.

Bei allen genannten Einschränkungen sind wir dennoch glücklich, diese Dokumente entdeckt zu haben, die durch den Zusammenbruch des Deutschen Reiches aus den Archiven der Geheimen Staatspolizei und durch einen glücklichen Zufall aus ihrem Zustand als Tapetenmakulatur ans Licht der Öffentlichkeit und Wissenschaft kommen konnten: per aspera historiae ad astra scientiae.

Es bleibt noch hinzuzufügen, daß wir für diesen ersten Druck der Seifertschen Briefe einige notwendige Korrekturen vornehmen mußten. Der am originalen Text interessierte Leser muß auf die historisch-kritische Ausgabe verwiesen werden.

Berlin, im Juni 1977. Im Auftrage: C. H.

den 22. Juli 1829
(allhier den 10. des Monaths)
wir logiren in Tobolsk.

Mila, ich verzweifele. Mögen mich die kalmuekkischen Stechfliegen zu Tode quälen, sterben werde ich allein an Deinem Schweigen. Verzeihe mir, verzeihe. Briefgen schreiben ist eine höllische Arbeith, und wann ich die lezten Wochen einiges Lob hörte ueber meine Fortschritte, ich sehe, es misslingt mir wiederum. Allein nach dem Befinden der schönsten Mutter auf GOtthes Erde wollte ich mich erkundigen und dem Schreien und Schlafen und Krabbeln und allen Bewegungen meines Töchterchens. Wie ein Narr jage ich durch die Welth, derweil die Schaetze daheim sind, mir unbekannt und für Monathe unerreichbar. Und meine Alexandra wird mir bei der Ruekkehr womöglich entgegen treten und mich begrüßen, anstatt ich sie in die Arme nehme und Tochter und Welth gegenseitig presentire. Meine Sehnsüchte nach Dir und dem Kind wachsen unermesslich. Vor dem Einschlafen oder im Schlafen bereits sehe ich die mir lieben Gesichter, unser Haus und die Felder um das Oranienburger Thor. Man wird so recht rührseelig gestimmt in der Fremde. Wann ich Rafaelson jezt begegnete, in diesem Augenblikke, und er ist doch ein rechtes Stinkthier und Scharwenzler, dass selbst sein jiddischer Gotth vor ihm ausspeit, ich würde denselben ohngeachtet meiner Feindseeligkeit zu ihm auf der Stelle umarmen. Das sind meine Stimmungen und daraus springt die Verzweiffelung, keinen Brief von Dir zu erhalten.

Wir wohnen allhier bei einem Deutschen, dem Hr. Etatsrath Doctor Albertz, einem Medicus. Sein halbes Haus stellte er unserer Expedition zur Verfügung. Dein Sposo ist hochherrschaftlich einquartirt. Er liegt nicht in einem grossen, weichen Bett, dieweil es landesüblich ist, sich in zottige Dekken zu rollen und auf Holzpritschen oder den Bohlen zu schlafen. Ich denke, dies ist ein Producte ihrer Gastfreundlichkeit: die Reisenden können Zweequadratmeterweis aufgenommen werden. Hr. Doctor Albertz, so stekkte man mir, sei ein Neffe der Charlotte Buff; es wird Deinem Weiberhertze gefallen, von einem sibiriesschen Pflänzchen dieses Scandalons zu hören. Er spricht unsere Muttersprache zierlich und gelegentlich mit unbegreiflichen Eingesprengseln. So bereitete er Excellenz Unruhe, als er gelegentlich eines Gesprechs ueber den Versand einer Kiste Mineralien zu ihm von verhäftet sprach; er meinte allein, die Kiste meines preussischen Princen so sicher zu expediren, als sei Vertrag mit Unterschriften und Siegeln ausgefüllt. Doch das kleine Wörtgen verhäftet machte meinem Princen viel Missverstaendnis. Wie ueberhaupt ich bei einem Manchen dieser geistig arbeithenden Hrn. allzu große PolizeiFurcht angetroffen habe und viel Reden ueber kuenfftig zu erwartende Unbill seitens der Ordnungs-Hüter. Aber wann sie vorgeben, so gewiss die zu ahndenden Aeusserungen, Gedanken und Thaten zu kennen, was bescheiden sie sich nicht und erfreuen sich statt dessen dieser Kenntnis und eigener, wohlgefälligerer Werke? Indessen tantzen sie als wie toll um das KertzenLicht und seien doch Motten und kennen die Folgen der Flammen.

Doch wie immer, Hr. Albertz spricht iedenfalls deutsch. Ich hatte Dir vor zwee Wochen vom OberBergmeister und Director der bogoslowsken Kupfergruben, Hr. Beger, geschrieben; wir trafen in der Folge noch manchen Deutschen wie diesen, wohlbeleibt und hoechstbeamtet, doch mussten meine drei Herren francösisch mit ihm konversiren. Zwee, drei Flüche der Altvordern waren ihre gesammte deutsche Disputation. Ich muss diese Exemplare von Landsleuten angestarrt haben wie Behemoths, so sagte es mir jedenfalls mein Prince. Ich frug ihn, wieviele Jahre, Monathe und Tage wir durch Sibirien kutschieren müssten, auf dass von unserer Muttersprache anoch ein Verfluchtsei im Gedächtniß bleibe. Er lachte, schüttelte den Kopf und antwortete, er sei, habe er nur eine Landes-Grentze ueberschritten, unfähig, weiterhin ein Deutscher zu sein, und man würde im gesammten TransUral keinen national gesinnteren Sibirjaken finden als ihn. Er sei, wenn er sich auch nicht dazu verstehe, auf sein Vaterland zu verzichten, keinesfalls ein Vaterländler. Um aber der eigenen Sprache verlustig zu gehen, sei ein Reise gäntzlich ungeeignet. Man betreibe es sehr kommode und mit Eiffer daheim. Ein Staatsportefeuille, submiß empfangen, und so vertraute Worte wie Vater und Mutter, Spielkamerad und Jugendfreund, Nachbar und Kollege schrumpfen und nur ein eintziges: Subalterne verbleibe der Zunge. Er habe in Deutschland Leute gesehen, die auf diese Weise von einem Tag auf den anderen ihr Gedächtniß verloren und sich trotz eindringlichster Vorhaltungen an Nichts erinnern konnten. Worte, die ihnen einst theuerer waren als ihr Bluth, besahen sie mit einer kopfschüttelnden Verwunderung, die der Betrachtung der Katakana=Schrift würdig wäre. Der Grund: diese sprachverlustigen Leute wären den Tag zuvor ernannt worden. Ein deutscher Robbespierre könne in Preussen uralt werden, nach dem 9. Thermidor fände sich kein Mensch, der ihn gesehen, mit ihm gesprochen und somit erkennen könnte. Sollte die Sonne francösisiren, kein Preusse, der sich ihrer erinnern werde. Sollte aber Preussen an die Francosen fallen, unser verehrter Hr. Beger werde die Gallionsfigur des neueren deutschen Nationalismus. Denn ob Vaterland auf die Fahne geschrieben oder seine Verleugnung, ob da Preussen steht oder Prusse, ein Nationalismus werde es sein. In der Friedrich=Strasse gäbe es selbst eine Pension mit nationalem Mittagstisch. Das Wetter ist schön und die Lufft hell. Eintzig die Fliegen und Mükken, die erstaunlicherweise die sibiriesChen Winter ueberstehen, traktiren uns hartnäckig und zwingen uns, mit LeinenTüchern stets und Masken vor dem Antlitz die

Strassen zu betreten. Meine drei Herren sorgen, dass ich in Bewegung bleibe; hier ein Pflänzchen, dort ein Steinchen, das Thermometer und Manometer und Löthrohr und schwere Fortinsche GefässBarometer aus der Kalesche heraus und wieder hinein, etc. Das Aergste ist Hr. von Menschenin. Selbst der preussische Prince Gumplot, diese Vollendung an Zuvorkommenheit und Modestie, beliebt nicht, seine Unleidlichkeiten fortgesezt zu uebersehen.

Ich umarme Dich zaertlich und knie vor dem Bettchen Alexandras. Das Verlangen nach einem Worte von Dir ist gross. Die fremde Sprache und die menschenleere Landschaft lassen mich unaufhörlich Euer gedenken. Ich wünsche Euch zwee in bester Gesundheit anzutreffen. Dein Johann.

den 1. August (allhier den 20. Juli)

Meine Freundin, durchnässet sitze ich halb unter der Equipage. Des Himmels und der Sehnsucht Tränen tropfen auf das Bütten meines preussischen Princen und fragen nach Dir. Und während die dasigen Bauern sich mit unseren Kutschern berathen, denn der Ob schlägt Wellen, und Sturm und Regen toben, und meine drei Herren wünschen weiterzureisen, währenddem lehne ich an das Rad und erblikke, wie Du unserem Mädelchen die Brust gibst, zwei schmatzende Züge jeweils, denn zwischendurch zerschlägt mir ein kalter Regentropffen das liebe Bild und rutscht feucht den Hals und Rükken herunter, und ich habe arge Muehe, dass ich Deine weisse Brust und Alexandra wieder vor die Augen kriege.

Die Steppe ist durchqueret, und gleich gesagt, wir sind allesamt munter. Es waren einige Vorfälle von sibiriescher Pest nehmlich in den Dörfern, eine Viehseuche, derer wir uns zu wehren verstanden.

Mit Hr. Ehrenberg that ich den gantzen Tag Kräutlein sammeln, alldieweil uns der tobende Fluss die Weiterreise verhindert. Er zupft an den Blaettern, riechet und reibt und alsdann kommt es in ein Fach eines höltzernen Coffres, den ich auf meinem Bukkel ihm nachschleppe. Ich sage ihm Nichts davon, dass ich allen seinen GrünKlee nicht im Geringsten als miracul ansehe und erböthig bin, zwischen der Köpenikker Heide und den Feldern hinter dem Thiergarten ein iedes Blatt aufzufinden. Ich schweige, denn man soll keinen Menschen in seiner Profession kränken.

Ich bin in dieser Folge ordentlich müde, aber das Briefgen für Dich soll vor dem Schlummer scribiret sein. Mein preussischer Prince legt hoechstselbst viel Eiffer in meine Briefgen, observirt sie gelegentlich mit meinem Einverständniß und lobt meine Fortschritte. Will gar einen Reise-Schriftsteller aus mir schneiden; ich sagt es ihm aber gleich, dass sei Nichts für einen Jaeger und lieber zehn höltzerne Chatoulls geschleppt als ... (durch Wasserschäden unleserlich) ... doch er hielt dagegen, ich besässe eine natürliche Begabung für dieses Geschäft und einen sense für die Lese-Wünsche des Publicums. In meinen Briefgens erscheinen allerley berühmte Zeithgenossen, gleichgiltig ob ich ihr Antlitz oder die Absetze ihrer Schuh erblikkte. Durchweg wird vertraulich mit ihnen umgegangen, die Farbe ihres Ueberrokkes excellent ausgeführet, der umgekrempten Mütze Erwähnung gethan und die Anzahl der Zukkerstueke, die sie zum Thee belieben, nicht uebersehen. Ieder Pygmäe der Gesellschaft werde gewürdigt, und schliesslich erscheine gesammt Sibirien wie Charlottenburg und der Arktiker wie der Hr. Varnhagen. Die Sclaven in den Goldseiffen und Marmorbrüchen, die polnischen Verbannten, die ausgehungerten, pestilenzischen Dörfer, was thuts?, dass an unserer Reise interessierte Berlin drängt das Attachement der petersburger Princessinnen zu erfahren. Vor Iahren, erzehlte er mir, bereiste er das spanische America und habe mancherlei ErwehnensWerthes entdekkt und verzeichnet, und die wissenschaftliche Welth habe ihm viel Angenehmes darob mitgeteilt. Auch für seine Preussen zeitigte sich seine Reise zum Orinoco fruchtbar und anregend. Seit dreissig Jahren räthselen die Salons in Berlin ueber seine angeblich dorten gezeugten Kinder. Graf von Redern, erzehlte mir der Prince, der Intendant des berliner Hoftheaters, klagte ueber die böse Lust des Publicums, den Vorgängen hinter den Soffitten, Portalen und Prospecten weit mehr Aufmerksamkeit zu schenkken als denen der Bühne. Er hatte drei befreundeten Damen auf ihr wortreiches und drängendes Bitten hin die SchminkTöpffe der Acteurs gezeigt, und welchen GastVirtuosen er seitdem auch presentire, seine drei Demoiselles vexiren ihn mit Ansichten, Critic und Vorhaltungen bezüglich der verwendeten Schminke. Die Namen Genast, Malcolmi, Graff, Unzelmann und selbst Jagemann lassen kühl, eine wohldosierte GesichtsMasce stürze sie in seelige Verzuekkung. Und die Ursache, fuhr Prince Gumplot fort, sei eine Mattigkeit des Geisthes. Der Anstrengungen unserer Väter entwöhnt, mit ueberkommenen Lehren und Systemen hinlänglich gerüstet und ausreichend, um alsbald eine Antwort auf das Unenträthselbare zu geben, könne uns kein Gegenstand mehr fesseln oder gar Studium abverlangen. Eins, zwee, und schon ist der Blik hinter die Kulissen allein von Werth. Und sei das erst gediehen, ist Alles Pappmache und Knochenleim und so höltzern und knöchern wie man selbst. Das sei entsetzlich langweilig und befriedigend doch, denn man könne nun seine eigene Langeweile, so unter die Leute gebracht, allüberall antreffen. Doch was bevördert es? Hinter den Kulissen des Theaters zeige sich die Schmiere, hinter denen der Kunst das Methronom und hinter den Kulissen GOtthes der Unglaube der Verzweiffelten. Ich will ihm antworten, doch mein Gumplot belachte mein Erstaunen und referiret fort. Der Unglaube, ein verzweiffelter

Unglaube, sagt er. Berlin kenne ihn als GOtthesleugner und Potsdam gebe er den Francosenfreund, den quasi preussischen HofSansculotten; ueberdies, um sein Heidenthum zu vervollständigen, er sei NaturForscher seit fünfundvierzig Jahren, ein Atheist. Aber kein Ungläubiger. Er glaube an den Werth seiner Arbeith, an die Arbeith schlechthin, auch an ein Schöpfendes, eine LebensKraft, ein Parabrama. Insofern ein gläubiger Mensch, schuldig nicht der GOtthlosigkeit, vielmehr der Vielgöttherey …

(durch größere Wasserflecken unleserlich)

… sich die eintzige Conclusio ergäbe, dass ein Humanist nothwendig ein Häretiker sein müsse.

Als mein Prince den General von Gerlach erwehnet, schauerte mir der Ueberzug meines Leibes. Ich fand bishero nicht den Muth, mich ihm eroeffnen, ihm von dem Auftrage des Hr. Gerlach zu erzehlen, noch von den widrigen und für mich gluekhaften Umständen, wodurch allein ich der Verpflichtung entging, vita und Reden meines Princen Gumplot auf der sibiriesschen Reise auszuforschen und hierueber Mittheilung zu thun. Mangel der Gelegenheit war es mitnichten. Anlässig einer Klage von mir ueber das aergerliche Ausbleiben Deiner Post, annotirte er, Staatsklugheit sei es, die Uebel gerecht zu vertheilen. Meine Briefgen werden wohl nicht vor dem Ende der halbjährigen Reise in Berlin eintreffen, die Seinigen werden in drei Tagen nach Tegel expedirt und dorten erhalten, indessen man nicht verabsäumt, eine russische und eine preussische Copie anzufertigen. Und werden meine Briefgen spät erst gelesen, so die seinigen gar zu häuffig. Misslich sei beides. Und in summa ergebe es eine gleichgrosse mathematische Ciffre, eine sogenannte Constante, die sowohl mich beträfe wie meinen Princen, und die er die Constante der Staats-Sicherheit und =Ruhe benamst. Es war also billiger Anlass gegeben, ihn ueber den nicht zustandegekommenen Befehl der Ueberwachung zu unterrichten. Doch es fürchtete mich, wann er es höret, er wird, trotz meiner gegentheiligen Versicherung, falschen Argwohn hegen und die freimüthigen Gespreche alsobald begrentzen.

Es tröpffelt weiterhin. Kein Schiffer trauet sich, uns ueberzusetzen. Und da die russischen Flüsse gewaltig sind und somit keine Furths kennen, werden wir uns gedulden müssen. Es dunkelt, ich muss meine Epistel beschliessen. Unter den Namen druekke ich meine Lippen und gedenke an Dich und meine Tochter. Dein Dich liebender Johann.

den 19. August 1829
in Buchtarimski, am Ufer des Irtisch.

In Eile. Liebe, wir sitzen abfahrbereit. Zimmerleute richten uns ein Flussgefährt, absonderlich aus drei Kähnen zusammengebunden. Darauf ein aus Filtz gefertigtes Zelt. Excellenz war mit den Hrn. Professoren vor zwee Tagen an der kinesischen Grenze und erzehlte mir, er habe die Kinesen selbstens gesprochen. Bei seiner Ruekkunft erwarteten ihn drei deutsche Briefe. Ich ueberbrachte sie, und der Anblik des preussischen Zollstempels rührete mich zu Tränen. Das Siegel, der Adler, sie gaben mir den frischesten Eindruck von Dir. Doch mein Prince missdeutete meine Affektion und spottete, ich würde nunmehr selbst sehen, dass Staats-Treue und =Liebe ein abhängiger Werth sei. Er wachse mit der Entfernung. So sei der Prince dem preussischen Potentaten nie mehr zugetan gewesen als wie er auf dem ChimborazoBerge gesessen habe und eine ErdKugel und einige thätige Vulkane zwischen sich und seinem Landesherren wusste.

Ich wollte ihm erwidern, dass ich kein Jidde sei, aber ich brachte vor Schluchtzen nur ein Ach aus mir heraus.

Unser Reisemarschall, Hr. von Menschenin, der meine Gespreche mit Excellenz beargwöhnt und neidet, machte mir eigenarthige und verstekkte Anträge. Ich weiss nicht, was von Dem zu halten ist, doch er bleibt unbestimmt. Fragen direct kann ich ihn nicht.

Man rufft nach mir. Ein Kuss, ein Zweiten für Alexandra. Johann.

den 28. August (allhier den 16.)
wir verlassen heute Omsk.

Liebe Mila. Es werden fünf Monathe bald, dass ich Berlin verlassen that und die Plakkerei einer so ueberlangen Reise auf mich nahm, wie sie nur wenigen bescheret ist und wozu nicht ein ieder die Constitution besizt. Zwanzig Wochen auf den Tag wohl, sage ich, und nicht eine Zeile von Dir, meine Geliebte, nicht ein Worth, ein gar Nichts. Woche für Woche Briefgens zu schreiben, die in einem antwortlosen Loche verschwinden und nicht die feinste Resonantz erzeugen, es verursacht mir MagenDrukken und manchen dummen Gedanken. Eine heisse Welle Eiffersucht befällt mich des Abends und verhindert ein gutes Einschlafen. Gleichzeithig wirst Du mir unwirklicher, und ich kann ein vermeintes Gespenste nicht völlig verbannen, dass meine Briefgen unnüzze sind und in die blosse Lufft scribiret. Mein Prince spottet meiner, es seien homerische Klagen, die ich führe, würdig der weimeraner Equipe, er habe Gleiches selbst von einem Wieland und Göthe gehört. Was hilft mir das, beste Mila, der ich einen Continent von Weib und Kind entfernt bin, ohne Worthe von Dir, geplagt von Insekten und dem unverständigen Kauderwelsch der Sibirjaken, Russen, Tartaren, Kalmuekken. Mein armer Sposo, würdest Du mir sagen und meinen Schädel an Deine weisse Brust legen und ein lange verborgener Seuffzer führe zwischen meinen Zähnen hinaus, auf dass ich ruhig atheme, esse, schlafe. Jedoch Jungfernscheiss, ich liege auf hartem sibirieschen Riedgras und schlage mir die Faust an Hr. Ehrenbergs HoltzCoffre bluthig, wenn mir durch den Sinn fährt, Du lässest den Rafaelson ins Haus, und er becirrst Dich womöglich mit seiner Jidden Wahre und macht Dir schöne Augen, und Du denkst womöglich, Sibirien ist weith.

Ich beschliesse den Brief in Aerger. Was ich Dir schreiben wollte, es gehet nicht. Die Eiffersucht schnüret meine Kehle zu, und meine Hände zitthern. Gedenke an unseren vor GOtth gegebenen Schwur und an Deinen Johann.

den 16. September 1829
(allhier den 4. September)
lezte Nacht in Miaschk.

Bin zuruek von einer Bergbesteigung auf den Auschkul. Den gantzen Tag und die vorherige Nacht war ich auf den Beinen, dieweil mein Prince mich wiederhohlt an die Hrn. Ehrenberg und Rose ausborgte. So trabte ich hinter den Hrn. Professoren her, die Chatullen ueber den Rükken geschnallt und mit beiden Armen das UnKraut fechtend, das dorten bis zu zwee Meter hoch messend gefunden wurde. Ein Gras, das meine Herren euphorisirte und mich allein ins Schwizzen brachte. Dazu Nebel und Regen, Moraste und SumpfSchlangen, bisweillen verlassene Siedlungen und Gehöfte, die von ihren Bewohnern nur Winters genüzzt werden, denn es sind Baschkiren, welche herumwandern des Sommers. Genug von. Die Gesellschaft bricht Morgen früh auf, um den UralFluss zu erreichen. Meinen vorherigen Brief, den ich in Troizk Dir schrieb (noch nicht aufgefunden oder verloren gegangen – C. H.), zeigte ich Prince Gumplot, der ihn sich, wenn nicht private Mittheilungen es verbieten, anzusehen wünschte. Seine Glossen ueber den preussischen KultusMinister Hr. von Raumer, die abendlichen Soirees unseres Königs und die Diners mit der Zarenfamilie darinnen wiederzufinden, erschrekkten ihn sehr, so dass ich befürchtete, meine ehelischen Rapports thun ihm nachhaltigste chagrins an und er müsse jezt oder zukünfftig deswegen Unbill erdulden, verschuldet allein durch meine guthwillige Blödigkeit. Demohngeachtet bat er mich schliesslich nur darum, vorsichtiger und moderater zu berichten, dass nicht ein fehlgeleitetes Briefgen uns allen Verdruss bereite. Er habe vor dem Antritt der Reise dem russischen Hof die schriftliche Versicherung zugehen lassen müssen, die gesellschaftlichen Einrichtungen Russlands und seiner InteressenGebiethe und MachtSphären ausser aller Acht zu lassen, sich ieder diesbezüglichen Bemerkung zu entschlagen und auch zukünftig Nichts zu veroeffentlichen oder nur privatim aufzuzeichnen, was einer Critic des Erblikkten gleich käme. Diese Versicherung sei nothwendig geworden, da sein Essai politic der Amerika-Reise nicht allein Spanien, sondern auch Sanssouci und London veraergerte. Weniger der erwehnten Facta willen, die leztere Häuser nicht beeinträchtige; es sei die Methode, dass ein NaturForscher ueber die Steine und Thiere hinaus zu blikken beliebt und sich der Anmerkungen zu StaatsEinrichtungen nicht enthält. Möglicherweise habe er so der ForscherThätigkeit Schaden beigefügt, da man dem fremden Auge künfftig weniger zu zeigen trachte, er auch Beweise erhielt, dass seine IndienFahrt von der OstIndischen Compagnie hintertrieben wurde, die Ursache genug habe, ein neuerliches Essai politic zu fürchten. Auch habe er, veranlasst von Aeusserungen des ReiseMarschalls und der oertlichen MilitairCommandanten, sich genöthigt gesehen, dem russischen Hof neuerliche diesbezügliche Versicherungen abzugeben, um den Verlauff der SibirienReise nicht leichtferthig zu gefährden. So sei er durch sein Wort an den Zaren, durch die Verantwortung gegenueber seiner Thätigkeit und durch die Sorge um die fernere Arbeith iedwedes Forschers dreifach gebunden, sich auf die tote Natur zu beschränken und Alles zu vermeiden, was sich auf MenschenEinrichtungen und vorallem die Verhältnisse der unteren VolksKlassen beziehe. Die wie immer auch einmal erworbenen Rechte der hoeheren Stände und die Pflichten der Unteren zu erwehnen, wirke auf ieden Staat aufreizend und nüzze Keinem. Ich war auf das Aeusserste bestürzt und verlegen, hatte ich doch seiner Philippica Nichts entgegen zu sezzen und musste sie mit hochrothem Kopfe anhören. Nachdem er iedoch mehrfach auf= und abgelauffen, wobei er die Stirn gekraust und mich nicht ansah noch bemerkte, wandte er sich wiederum mir zu und sagte heiter und mit lachendem Mund, ich solle nicht ferner zerquälet dreinschauen. Wie es sei, sei es in der Ordnung. Seine Briefe werden, wann immer und wo sie eine iedwede Staatsgrenze verlassen, geoeffnet und copiert. Ob Havana, Paris, Berlin oder Jekaterinenburg, seine Berühmtheit und Verdienste waren den Miethlingen aller Coleurs nur Anlass, um so thürstiglicher seine Papiere zu oeffnen und auszuforschen. Und wenn er anfänglich sich besorgte und beim Schreiben innehielt, um aller möglicher Leser zu gedenken, iener, deren Name auf dem VorBlatte stünde, und iener, die ihre Namen verborgen halten müssen und ihr schäbiges Thun bis sie gäntzlich namenlos geworden seien, habe er bald alle Vorsicht fahren lassen, eingedenk, dass er in Sanssouci verschrieen als der rötheste Jacobiner und demohngeachtet Kammerherr Friedrich Wilhelms III. sei und nun auch den Tithel trage Wirklich GeheimerRath mit dem Predicate Excellenz. Man werde ihm den Jacobiner in seiner PrivatCorrespondenz nicht veruebeln, solange er dem Hof seinen KatzBukkel nicht versagt; ein wenig FreiGeistherey sei erlaubt, wo die Epauletten correct sizzen. Gewichtiger aber seien in dieser Chose die Annotationen eines eingestandenen Spizzels, der ihm gegenueber recht freimüthig aeusserte, dass allein der frivole Gedanke, die umstürzlerische Idee, die ausgesprochene oder scribirte Insubordination das betreffende Individuum wenig gefährlich erscheinen lasse, ja, fast unverdächtig, und nur mit der untersten, quasi leichtesten polizeilichen Observation bedacht werden muss. Anders aber iener, der sich weder oeffentlich noch privatim beklage; hier müsse gesucht und ausgeforscht werden, in welche möglicherweise bösen Ekken er seine wahren Ansichten trägt und mit wem und worüber er heimlich raisonirt. Item gebe iener Anlass zu erhoehter Observation, der allzu waschhafftig und künstlich sich an den politischen Zuständen delektirt und sie submiß und mit den ausgepeitschtesten Wendungen bejubelt, dass es selbst dem staatlichen Auge der Ordnung LeibGrimmen bereitet; nur zu gern schmuekke sich mit solcher Arth Reden ein neuerer Brutus, der mit unschlachtigen Lobesgesängen uebertönen will, dass er bereits den Dolch der Autocratie schmiede. Das seien die Philosophiestuekke eines preussischen Spizzels, der sich uebrigens, wie Prince Gumplot hinzufügte, ihm gegenueber als Kantianer bezeichnete, was er nicht uebermässig erstaunlich fand. Erinnerte er sich doch augenbliklich, dass der Riese aus Königsberg auch die Träume eines GeistherSehers veroeffentlichte, die, gelesen mit den Augen eines preussischen Spizzels, ein gar putziges Spectacul sein müssen. Ich stand mit offenem Maul und gaffte ihn an und weiss bishero nicht, ist es Satire? Aufklärung aber gab mir mein Prince nicht, und so nehme ich es als ein Märlein und will mir hierbey keinen Kopf machen.

Vor zwee Tagen feierten wir den sechzigsten Geburtstag des Princen Gumplot. Eine prächtige Tafel wars, die unser Gastgeber, Hr. Porossov, ihm ausrichtete. Man war leutseelig und lud mich zum Essen. Insammt waren wir dreiundreissig Personen, darunter acht Deutsche. Man sprach viel von Reisen und beschrieb sich gegenseitig die gemachten Funde, was sich hernach immer als irgendein Stein oder gleich Wertloses erwies. Und da nicht die gantze Menschheit Kräuter und Minerale sammeln thut, waren die Meisten der Gesellschaft, darunter auch Dein Sposo, gelangweilt mehr und mussten sich ans Essen halten und mit der Ehre dabeizusein zufrieden geben. Ein Vorfall bei Tisch – und wieder der Hr. von Menschenin, der die Peinlichkeit heraufbeschwor. Er war, nach seiner Gewohnheit, auch diesmal als Lezter erschienen, doch wenn sonst sein verzögerter Auftritt allein seine Bedeutung und sein Gewicht zu unterstreichen hatte, gab es diesmal einiges Missverstaendniß. Wir warteten im ausgeschmükkten Zimmer auf den Jubilar, der begluekt und mit offensichtlicher Rührung unsere Aufwartung annahm. Er war eingetreten, und die Gesellschaft schritt auf ihn bereits zu, um ihm die Cour zu erweisen, als sich die Thüre nochmals oeffnete, und mürrisch und hochmuethig der Hr. v. Menschenin erschien. Sei es, dass einige Damen meinen Princen nicht von Angesicht zu Angesicht kannten, sei es, dass ein unglueklicher Scherz sie fehlleitete oder der zulezt Eintretende eben dadurch und durch anmassende Gebaerde den Irrtum bewirkte, wie immer auch – bei Tisch offenbarte sich die Denkwürdigkeit, dass drei Damen, Gäste und Bekannte des Gastgebers, Hr. Porossov, nicht dem Jubilar, sondern Hr. Menschenin hoffirten, in der Annahme, meinen Princen zu sprechen. Von Menschenin liess sich von ihnen als neuer Aristoteles feiern, erläuterte den Damen die GrundZuege der Geologie und anderer Wissenschaften, wurde gewürdigt ob seiner ausserordentlichen Kenntniß der russischen Sprache (Prince Gumplot nannte diese leztere Auszeichnung unseres petersburger ReiseMarschalls und gebürthigen Russen, die geisthreichste Methode der Honneurs), kurzum, er spielte unwissentlich die Rolle meines Princen, und in seiner Hoffaerthigkeit nahm er die Bewunderung der Damen für den grossen Bevörderer der menschlichen und natuerlichen Wissenschaften geneigt und herablassend hin, wiewohl sie einer anderen Person zugedacht waren. Der Irrthum klärte sich spät. Man sass bereits bei Tisch, als die Bedauerlichen ihre Verwechselung erkannten und unglueklich genug waren, sich darueber auszulassen. Die Gesellschaft war geneigt, mit einem Lächeln den Vorfall zu quittiren und zu vergessen. Nicht aber Hr. von Menschenin. Er erhob sich und hielt die allereigenarthigste Laudation auf meinen Princen. Mit ueberraschenden Wendungen pries er zu guter Lezt den heilsamen und bevörderlichen Einfluss des Staatsbeamten, der aus den Zufaelligkeiten der Forschung und Erkenntniß mit ordnender Hand den Weitzen aus der Spreu suche und den eiffernden Wissenschaftler, der um einer abstracten Wahrheit willen bereit sei, alle Societät mit den Füssen zu treten, mit behutsamer Nachsicht in die Bahnen der Gesellschaft leite. (Das ist, Liebste, der genaue Wortlaut der vorgetragenen Uebersetzung. Ich habe, was nicht ungnaedig vermerkt ward, auch an der Tafel so Einiges mitscribirt.) Beschliessend kam er auf seine eigene academische Ausbildung, seine früh Aufmerksamkeit erregende Begabung und auf iene private Befriedigung zu sprechen, die der Erfolg dem Gelehrten bereitet und die ihm selbst nur zu vertraut sei. Er habe jedoch trotz des Kizzels, den die schnellen Erfolge seiner Jugend und die verheissene glaenzende Lauffbahn eines Privatgelehrten ihm verursachte, dem Ehrgeitz widerstanden, um als Diener des Volkes und der Societät sich um diese verdient zu machen. Hier, so endete er mit großer Handbewegung die Rede, der ueberragende und allseits bekannte Alexander von Humboldt, den an seinem sechzigsten Geburtstag zu ehren, Russlands heilige Pflicht sei; und hier, dabei eine sehr verhaltene und bescheidende Bewegung der Hand zu sich hin, ein im Stillen wirkender Diener der Gesellschaft, dessen Thun allein darauf gerichtet sei, solche Humboldte zu zeugen, aufzuerziehen und mit unsichtbarer, sanfter Hand zu lenken.

Die Stille war bedruekklich. Mein Prince sass mit versteinertem Antlitz neben dem ReiseMarschall und schwieg. Eine leichte Neigung des Kopfes zu seinem Tischnachbarn konnte Dank bedeuten oder Ausdrukk von Mattigkeit sein. In groesster Bestürzung war unser Gastgeber, Hr. Porossov. Er versuchte auszugleichen und zu vermitteln, konnte aber nicht gleichzeithig den ReiseMarschall berichtigen oder gar corregiren, da dieser als Vertreter des Zaren fungierte. So stotterte Hr. Porossov unschlüssig und hilflos Etwas und verstummte hernach. Die Damen waren es, die hier retteten. Eine geschmähte Eigenschaft Deines Geschlechts nehmlich führte die TischGesellschaft aus der Peinlichkeit; man schwazte ueber das Essen, liess sich Recepturen der vorgesezten Speisen erläutern und lächelte und plauderte, bis das Eis des UnMuths gebrochen war. Da Hr. von Menschenin seiner Verpflichtung als Dolmetsch meines Princen an diesem Tage nicht nachkam, aenderte Hr. Porossov ohne Aufheben die Tischordnung dergestalt, dass ein dasiger Deutscher neben Gumplot zu sizzen kam und ihm die nothwendige SprachHilfe leistete. Wahrlich, Mila, sein Verhalten empörte mich ungemein, und war ich auch subaltern, ich hatte Mühe, eine Entgegnung zu deprimiren. Welch ein angemasster Schurke!

Mein Hertz, ich sehne mich nach, in Deinen weissen Armen zu liegen; aber ich will gleichermassen zuruek, um die gute und vernünfftige Luft der deutschen Länder zu athmen.

Wo in gantz Preussen gäbe es einen solchen Beamten, und sei er noch so hochgesezt, der schamvergessend seine Stellung verkennt und sich gleichmisst einem Genius wie meinem Herren. Ich gedachte in meiner Brust des Zaren, und er, den ich nicht kenne, that mir in der Seele leid, da Eins seiner Subjecte ihn mit Schande ueberhäufft.

Mein Prince war gekränkt den Tag; gegen seine Gewohnheit schwieg er, da ich ihm sein Bette richtete, und ich musste den Abend seiner belehrenden Worte entbehren.

Gumplot erhielt uebrigens, durch diesen Menschenin ueberreicht, als Geschenk des Zaren einen reich geschmükkten Säbel mit damascirter Klinge, den er zum Vergnügen der Damen herumschwenkte und uns einige Quinten, Terzen und andere Paraden zeigte. Vielmehr, er meinte, uns Dieselben zu demonstriren, aber der Wahrheit die Ehre, darin war er erbärmlich. Ueberaus günstig nahm er mein Geschenk auf, und ich war, wenngleich anfänglich ein wenig furchtsam in der Sache, nun erfreut und Dir dankbar, dass Du so rechtzeithig dieses Tages dachtest und die Kissenplatte mir mitgabest. Deine Stikkereien gefielen ihm. Er freute sich ueber den Einfall, dem in der Fremde Weilenden ein Bildniß Berlins zu schenkken, und er will nicht verabsäumen, wann er wieder unter den Linden weilt, sich Deiner Kissenplatte als eines Strassen= und Gebäudeführers zu bedienen. Seinen Dank und meine Küsse, Geliebte.

Ein kurioses Geschenk liess UnterDirector Annossov ueberreichen. In einem dasigen Anzeiger, der sich Zewernja Peteschela nennt und was soviel wie Nordische Biene bedeuten soll, ist ienes Vorfalls Erwähnung gethan, von dem ich Dir bereits in einem Briefgen berichtete. Es mag drei, vier Monathe zuruek sein und gab mir den Einfall, meinen GeheimenRath zum Princen avanciren zu lassen. Das Begebniß ist um Etliches ausgeschmükkt und als Anekdote vorgetragen, und ergözzlich für mich, zeithigt es doch, mit wievielem OhnVerstand und Einfälthigkeit die niederen Leute der Wissenschaft begegnen. Man las sie bei Tische vor, was Heitherkeit die Fülle machte. Ich copire die Uebersetzung derselben für Dich ab, welche man meinem Princen mit dem JournalBlatte zusammen ueberreichte.

Ich umarme Dich und das Kind. Meine Sehnsüchte nach Dir sind so fleischlicher Natur, dass sie mich selbst erschrekken, und ich nicht wage, auf dem Papiere Dir von ihnen zu sagen. Dein Johann, der fünf und einhalben Monath nicht sein Weib sah (denn ich beende den Briefgen erst hierselbst in Orenburg, am 24. September, der nach dem Kalender der Hiesigen der 12. heisst).

Beigelegt die Copie der Anekdote. Marginale zu Humboldts Aufenthalt im Gouvernement Perm (so der Tithel).

Ein UralKosak aus Kungur erzehlt: Im Juni bin ich beauftragt gewesen, den verrükkten preussischen Princen Gumplot zu begleiten, der ein narrisches und dummes Zeug betrieb wie so viele der verrükkten Princen. Dieser sammelte Gräser und besah sich den Sand an. Lässt mir der Prince sagen, ich soll in die SaltzMoraeste steigen und raufholen, was auf dem Grund sei. Thu ich ihm den Dienst. Fragt er mich, wie ich zuruek bin, ob das Wasser unten allzu frostig sei. Ach, denk ich bei mir, kommst du mir von der Seite, Väterchen, alt wie du bist, mich führest du nicht an, Freundchen, mache also stramm Front und melde: Gantz wie der Dienst es verlangt, Ew. Wohlgebohren, nicht zu kalt, nicht zu warm, gerade recht, Ew. Durchlaucht, bin erfreut, Euch zu Diensten zu sein.

Saratow, 4. October,
hier erst der 22. September.

Meine innig geliebte Mila! Wir reisen wolgaabwärts, um die caspische See zu erreichen, von der sich meine Herren mancherley Aufschluss und Kenntniß erwarten. Da dieser Umweg nicht in der ursprünglichen Route vorgesehen, bedeutet Das (für meine Herren nebenbei, für mich hauptsächlich), wir treffen erst ich weiss nicht wieviele Tage später in Berlin ein …

Ich sizze seit einer halben Stunde an dem blank gescheuerten Tische in der Diele unseres Gastgebers, kaue an meinem Schreibholtze, und was ich zu Papiere brachte, sind zwee armseelige Setze, die ich zu erzehlen ueberdies nicht mir vornahm. An die sechzig Bogen dieses BriefPapieres aus dem Vorrath meines Princen sind an Dich abgegangen, zwanzig Bogen an die Mutter, ungezehlt die gelegentlichen Zeilen nach Parchim und Wolfsbüttel. Kein Brief, kein Wort aber für mich. Hätte ich nie geschrieben, ich wäre weniger throstlos. So spreche ich wie mit Steinen, Mila, und die Sterne sind mir vertrauter und näher als Du. Ich wage kaum von meiner Tochter zu schreiben. Nur, dass sie gebohren ist, erfuhr ich, und auch Das erfuhr ich nicht von Dir. Ich weiss nicht, wie mein Kind aussieht, wie es ihm geht. Wenn ich die Hoffnung aeussere, dass Ihr wohlauf sein möget, so zitthert dahinter eine Frage, die auszusprechen ich nicht wage. Das Eingeständniß, dass sie in meinem Kopfe umher geht und einem MühlSteine gleich Alles zermahlmet, stürzt mich in erneute Furcht, denn sie lautet fürchterlich, nehmlich: Lebt Ihr?

Verzeihe mir solche unsinnigen NachtGedanken. Die Entfernung, die einsamen Steppen und der Anblik der verbannten Polen sind niederdruekkend. Es ist October. Ich hoffe in zwee Monathen bei Dir zu sein.

Ich bethe zu GOtth, dass ich Euch gesund antreffen darf. Voll meiner Liebe und gedenkend Deiner Zaerthlichkeit Dein Johann.

den 13. October (allhier den 1.),
in Astrachan.

Geliebte Mila, ich ueberschütte Dich mit meinen Briefgens, wenn ich recht zehle, so ist es der fünfte in zwölf Tagen; sic! Das Wetter ist freundlich, ein berliner Herbst. Eine herrliche ObstErnte, durch die wir gefahren. Vergessen die staubigen Steppen und das ThierHeulen. Hier tractirt man uns wiederholt mit den ausgesuchtesten Speisen und Arthigkeiten. Milachen, Du wirst einen verwoehnten Welth-Reisenden, der die Genüsse der reichen asienschen Tafeln schmekkte, zuruekerhalten und Dich zu bemühen haben, einen cultivirten Gaumen zu befriedigen. Du siehst, einige warme Sonnenstrahlen und etwas Bequemlichkeiten, und Dein Sposo ist wiederum obenauf.

Astrachan ist ein eintziges ZircusZelt, es wimmelt von Menschen aller HautFarben und Sprachen, man handelt, schreit, kauft und verkauft, bethet, prügelt sich und geredet wird mit Füssen und Händen. Die Stadt ist reich, die Häuser prächtig wie in St. Petersburg. Wir selbst wohnen allesammt in einem gewaltigen Bau, der allein unserer Expedition zur Logis frei steht. Das Haus ist gehörig einem Kaufmann mit mächtigem Bart, einem Hr. Federov, ein Russe. Man bedeutete meinem Princen, dass er Millionär sei. Ansehen thut man es ihm nicht.

Wir gedenken, acht Tage zu bleiben, um dann auf besten KurierWegen Moscau, St. Petersburg und schliesslich Berlin zu erreichen. Und wenn es mit Anstand und Christen-Pflicht zu vereinbaren ist, werde ich, und ich schreibe es mit klarem Verstand nieder, einen ZobelMantel und etlichen Schmukk in meinem Gepäkke mit mir führen und Dir umhängen können. Mir sollte es gefallen und darob will ich Hr. von Menschenin in meine Gebethe einschliessen. Selbiger hat mich wiederholt angesprochen und nun Gestern die obig erwähneten Sächelchen offerirt. Mit dem Gefallen, den er sich von mir wünscht, hält er hinter dem Berg. Doch ich denke mich künstlich zu betragen und gedachte bei mir, es wird Ehrenrühriges nicht sein können, da er alt, kränklich und hochgestellt ist. Auch UnKeusches ist ausgeschlossen, denn ich liess ihn in meiner anfänglichen Verwirrung wissen, dass ich nicht für alle Zobel Sibiriens mich dazu verstehen könnte, ihm den Hintern auszuputzen. Solches, versicherte er, wäre sein Eiffer nicht.

Vor zwee Tagen waren wir geladen zu einem buddhistischen GötzenDienst, den die Kalmuekken in einem Tempel wenige Meilen vor Astrachan veranstalteten. Ein wahrhaft heidnischer GötzenDienst, voller Geschrei und Eigenarth und darin gantz ähnlich der Beschreibung des Pfarrers Büchsel, dem Prediger an unserer MathäiKirche, der das Lästerliche und Verdammte dieser Arth GötzenCulte uns so ueberaus farbig schilderte. Ansonsten sind die Kalmuekken ruhige und friedliche Bauern, die im Zarenreich ihr Auskommen finden. Man lässet sie ungeschoren für sich leben, ihre Bürgermeister wählen sie allerorten selbst, ebenso die Gerichte und anderen StandesPersonen. Sie erzehlten Dies meinem Herren mit grossem Stolz und SelbstBewusstsein. Lediglich ein russischer PolizeiInspector, dem iede Standes= und AmtsPerson der Kalmuekken unterstellt ist, vertritt hier die OberHoheit Nicolaus I. und achtet darauf, dass nicht Uebermuth oder LeichtGläubigkeit die Kalmuekken verführet, und ihre Selbstendigkeit in iener SelbstZerstörung ende, mit welchem bösen Beispiele die Francosen die Welth erschrekkten und belehrten. Insammt ein erfreulicherer Anblik als die versclavten Unterthanen, derer wir in Sibirien angesichtig wurden. Thierähnlicher denn Menschen arbeitheten iene in den Bergwerken. Wir gewahrten nur durch Gitter ihre geschwärzten Gesichter, aus denen das Weiss der AugenAepfel uns fürchterlich anleuchtete. Sie schlafen in den Gruben, in denen sie arbeithen, denn man wagt nicht, diese zu oeffnen. In der gleichen Furcht findet der Austausch des aufgefundenen Goldes gegen die kargen Mitthel des Unterhalts im Beisein bewaffneter Kosaken statt. Als sich mir ein unbewusster Seuffzer entrang, geboth mir mein Prince, stille zu sein, denn die russische Regierung hege den alleinigen Wunsch, der Wissenschaft zu nüzzen. Am Abend eroeffnete er mir, er sei entschlossen, mich fürderhin von dem Besuch der ArbeithsStätten auszuschliessen. Er begreiffe meine Empörung, theile diese insofern, als man wohl sechzigjähriger Augen bedarf, um die Einrichtungen dieser Welth gelassen wahrzunehmen. Die Unbesonnenheit meiner Person gefährde jedoch seine Projecte. Er sei nicht weniger Sclave als iene russischen Leibeigenen und Verbannten, wiewohl mit dem Tithel Excellenz belegt und von dem Zaren mit einer halben Chaise bedacht. Diese Bequemlichkeit entkleide ihn aber selbst iener Rechte, die noch einem Leibeigenen zustehen. Des Goldes, das iener zu Tage fördert, bedarf man; seiner Wissenschaft könne man leicht entrathen, und ein ungluekseeliges Wort vermag ihn zu ruinieren. Erst auf dem untersten Grunde aller Societät und menschlichen Einrichtungen gewinne das Individuum einen Theil der Freiheiten zuruek, deren Gewinn und Besitz ihn einst ueber das Thierreich erhoben. Hier, wo ein weiterer Abstieg nicht möglich ist, an der Grenze, die uns vom Thier und der anorganischen Welth scheidet, findet der Versclavte festen Boden. Er selbst dagegen schwebe in unhaltbarer Lage, nach oben und unten gefesselt. Eine Unpässlichkeit seines Königs, eine Intrige, ein uebelgedeuteter Blik, eine leichtferthige Bemerkung, ein Mangel an SelbstCensur, all Dieses kann ihn augenbliklich zerschmettern, ihn, den man in Berlin den Heros der NaturWissenschaften, den neuen Aristoteles nennt, den man in Russland als Prometheus feiert. Sein Tithel GeheimerRath, der es ihm erst ermöglicht, seine geradezu puritanischen Bedürfnisse zu befriedigen, zwinge ihn zu den albernsten Schaustellungen seiner Person. Ieder, ist er nur adelig gebohren, kaum dass er das Sprechen erlernte, erlaube sich Unverschämtheiten mit ihm und unwürdige Scherze. Einer gelangweilten HofKamarilla habe er zur AbendUnterhaltung Zeitschriften vorzulesen, wobei man seiner nicht achtet und parlirt, gähnt oder gar schläft. Auch werde er zu beliebiger Zeith ins Schloss gerufen, um Staatspapiere zu bevördern. Darunter seien Einladungen zu Bällen und Diners. Der königliche Absender erfordere einen GeheimenRath als BriefTräger, und er, der seit vierzig Jahren keine Nacht mehr denn vier Stunden Schlaf zu sich nehme, da seine wissenschaftliche Arbeith ihm nicht mehr Zeith erübrige, er lauffe mit diesen Zettelchen quer durch Berlin, um irgendeinen adligen Laffen zur Mittagszeith aus dem Bett zu klopffen und zu einer Revüe zu bitten. Die wahre Tortur aber beginne, fange man an, mit diesen Herren zu reden... Und dabei sei es noch eine Gnade, wenn sie belieben, mit ihm ueber das Wetter zu schwäzzen und ihn nicht drangsaliren, eine Konversation zu den Wissenschaften und schönen Künsten zu führen. Das nehmlich sei das eigenthlich Schmachvolle und unvergleichbar in seiner Würdelosigkeit; gantz wie ein peinliches Verhör, dem ein Schüler durch seinen SchulDirector unterworfen sei, dieweil er diesen mit einem Mädchen ertappte. Und bei Alledem könne er noch von Gluek reden, nicht mit der blanken Klinge aus Berlin gejagt zu werden, wozu ein Herr Hinkeldey, unser GeneralPolizeidirector, nicht wenige Lust verspüre und wovor meinen Princen allein seine ihn peinigende Stellung bei Hofe bewahre. Dem König von Hannover iedenfalls, dem alle Professoren, Tänzerinnen und Huren gleich gelten und Allesammt vaterlandslose, käufliche Subjecte dünken, dürfe er nicht in die Hände fallen. Er habe ienem auf dessen Bemerkung, wie sich ein Republicaner in Sanssouci fühle, entgegnet: Ausgezeichnet, sozusagen sans culottes sans souci. Dieses habe iener noch hingenommen und nur säuerlich gesagt, dass Leute wie er eben ueberall wohlfeil zu haben seien. Er, mein Prince, habe nicht an sich gehalten und erwidert: Dann sei es erstaunlich, dass Durchlaucht trotz allem Geld Nichts bekam, um seine Universität bedeutend zu machen; es spräche sich offenbar herum, dass man in Hannover Keinen habe, man henke ihn denn. Nun würde ihm der König grollen und in der Tat wünschen, Prince Gumplot hängen zu sehen. Darin iedoch sei nichts Erstaunliches zu erblikken, es sei ueblich. Auch sei es nichts unbedingt Deutsches, denn seine russische Reise sei an so entwürdigende Prekautionen gebunden, dass ihn vor aller Welth allein der Umstand entschuldige, seit Jahrzehnten mit der Wissenschaft verheyrathet zu sein. Die unheilvolle preussische Politik nehme er nicht wahr, zu der verworrenen Wirthschaft aeussere er sich nicht, um seiner Arbeith nachgehen zu können. Analoges wolle und könne er von mir als einem jungen Manne nicht verlangen, schliesse mich aber darob von dem Besuch allzu affizirender Einrichtungen Russlands aus.

Bei seiner Rede ward ich erinnert an Hr. Professor Rose, mit dem ich gelegentlich einer Graeser= und MineralSuche ueber Prince Gumplot ins Gesprech kam. Dieser pries seine theilnehmende Freundschaft, seine Güte und den edlen Ausdrukk vollendeter Humanität, gleichzeithig bedauerte er ihn jedoch, da es ihn zum eigenen Schaden allzusehr nach dem lauten und hohlen Glantze des Hofes ziehe. Es sei meinem Princen durch diesen fatalen Ehrgeitze unmöglich gemacht, im Stillen zu wirken und sich mit dem matt gläntzenden Lorbeer, den die geisthige Welth allein zu vergeben habe, zu begnügen. Darin aber, räumete er ein, sei er manchen Zeithgenossen ähnlich, die nicht die Geringsten seien. Ein Göthe, ein Schelling, sie alle seien begehrlich, im Schatten der Macht zu sizzen, und es mag darin ein ihrem Thun Förderliches stekken. Der sich bescheidende Gaertner vermag Nüzzliches zu thun in den BlumenBeeten, doch um Berge zu modellieren, muss man sich in den Mitthel-Punkte der Welth stellen. Diese, der umgreifenden Thätigkeit nothwendige Oeffentlichkeit, dieses Wirken auf dem MarktPlazze, bedingt die Nähe zum Kompromiß, zur Politik, zur hoefischen Attitüde. Sein eigenes Forschen, fuhr Hr. Rose fort, sei vergleichsweise beschränkt, entbehre des allgemeinen Interesses der Gesellschaft, entbehre financieller Mitthel, ja, bedürfe kleinlicher Absprachen und Intrigen, um geringe Schwierigkeiten zu ueberwinden. So sei seine Concentration auf die eigenthliche wissenschaftliche Täthigkeit schwer erkauft; wobei die mangelnde Resonantz, als Folge seiner zuruekhaltenden Participation am Staat, und das damit verbundene Ausbleiben von mancherley Anregung und fördernder Correlation in der Arbeith ein ihn bedruekender Umstand sei. Der Vortheil der Beschränkung sei ebenso theuer zu erkaufen wie der förderliche Glantz der FürstenHäuser. Hier sei nicht zu waegen, sondern dem Character und den Veranlagungen zu folgen.

Dass ich derley so ausfuehrlich berichte, dass es ueberhaupt mir erwehnenswerth scheint, hat Gruende. Mein Prince, der meine DienstFerthigkeit wiederhohlt lobte, aeusserte Gefallen ebenso an meinen geisthigen Gaben. Er traegt sich mit der Absicht, einen MajorDomus zu beschäftigen, der gleichzeithig wissenschaftlicher Secretarius sein könne. Zu Lezterem mich heranzubilden, machte er sich erboethig. Es hätte viel Vortheil wirtschaftlicher Arth, bei einer solchen Berühmtheit zu arbeithen und von ihr belehrt zu werden. Thue Dich mit dem Gedanken vertraut, Liebste; in Berlin will ich erst mit Dir sprechen, bevor ich meinen Entscheid ihm mittheile. Dafür zeitigte er Verstaendniß. Er behandelt mich ueberdies freundlich. Da mich Deine Post nicht erreicht, bath er verschiedentlich seinen Bruder Wilhelm, Erkundigungen einzuziehen.

Deine Befürchtungen, nebenbei, sind grundlos. Nichts der geschmaklosen Geruechte um seine Person bestaetigte sich mir. Sei unbesorgt. Mit Zaertlichkeit umarme ich Dich. Küsse mein Kind. Dein Sposo.

den 14. October, im herrlichsten Astrachan. Heute stechen wir in See.

den 19. October (allhier den 7.), wieder in Astrachan.

Mein Hertz, wir waren vier Tage auf dem caspischen See unterwegs. Das DampfBoot, welches uns gemietet war, es schlingerte und keuchte, und ich war GOtth dankbar, mich wieder auf festem Boden ankommen zu lassen. Bin ich ein Fisch? Mir genügen Ehrenbergs Graeser, Roses Steinchen und Gumplots Manometer vollauf. In der ersten Nacht auf dem Boot ward ich von lautem KinderGeplärre gewekkt. Ich musst mich lange besinnen und fand heraus, dass es die Stimme meiner Alexandra war. In meinem Traume war Alles lebendig und greiffbar vor mir. Allein das Gesichtchen meines kleinen Mädchens war unklar, eine fliessende, rosige Wolke. Ich bin begehrlich, mein Kind zu sehen.

Nun rüsten wir bereits zur Abreise. In zwee Tagen verlassen wir Astrachan; ich werde mit wilden Sprüngen gen Berlin hüpffen.

GOtth segne Dich und Alexandra.

Der wunderliche Herr von Menschenin fragte mich, ob er meinen lezten Brief an Dich einsehen dürfe. Ich that befremdet, musste anoch erklären, dass meine Weigerung allein aus dem privatim Character des Briefgens folge. Was immer sein Begehr sein will, Thierisch scheint es nicht geartet, und ich bin in der Hoffnung, den Zobel zu erjagen.

Meine drei Herren haben mir für Berlin einen Bonus zugesagt. So denk ich, ich darf Dir unbesorgt anrathen, dass Du fünfzehn Preuss. Thaler von Rafaelson beleihst. Wenn Du anderweitig aber auskommst, es wäre mir lieb. Thut es aber Noth, so thu es. Doch versuche zuvörderst bei einem Anderen zu leihen. Es muss doch auch ein Christ oder rechter Deutscher aufzuthun sein, der Dir die Gelder vorstrekkt. Denn Du weisst, ich habe so meine Ansichten von

Rafaelson und seinem Volke, und daraus wird mich auch mein Prince nicht hinausexpedieren. Eher im Gegenteile, wie ich hoffe, eher im Gegenteile! Gumplot ist in diesem Punkte sehr wunderlich. Er glaubt selbst die KinderMorde und Greuelthaten der Juden nicht, wiewohl sie in aller Munde und von den StaatsBlättern berichterstattet sind. Er fragte mich, ob ich denn wirklich annehme, dass mein Rafaelson, der sein Leben dahinfristet, sich gegen mich und mein HeimatLand verschworen habe. Da ich ihm entgegnete, dass ich Dieses nicht ausschliesse und der Krämer mir durch sein verschlagenes Wesen und seinen unsteten Blikk sehr wohl als ein Agent fremder, feindlicher Mächte erscheine, wurde der Prince grob und ausfallend gegen meine Person. Ich sagte, ich sei es nicht gewohnt, mich beleidigen zu lassen. Ich wollte aus der Stube, doch er befahl mir stehenzubleiben. Dann hielt er mir eine halbstündige Vorlesung, so dass ich fast glauben möchte, er sei selbst ein Israelit. Er nannte den Hass auf die Juden die wohlbegründete Philosophie des Mittelmasses. Die Unfähigkeit und der Dilettantismus suchen ihr Heil in der Denunziation des Anderen, des Fremden. Das könne der Gelehrte sein, der Kranke, die Frau, eben iedes Andere. Und der Jude sei besonders geeignet, kämen doch hier noch andere Religion, andere Gesichtszüge, andere Kleidung hinzu. Es sei, so der wunderliche Prince, die sich bietende Möglichkeit, das eigene Ungluek mit fremder Schuld zu erklären. Der nicht liebenswürdige und folglich verschmähte Mann erkläre alle Frauen zu Huren. Der durchgefallene Schüler und sein deshalb gekränkter Vater, der vergeblich den Professor zu bestechen suchte, bezeichnen alle Lehrer als käufliche Subjecte. Der satte Beamte, der mit kleinen SchweinsAeugelein auf die neu entstehenden Bilder starre und dem unbegreiflich bleibt, warum nicht ueberall seine eigene rülpsende Zufriedenheit mit den Zustaenden ihm entgegenleuchtet, nenne die Kuenstler darob schwuelstig oder hysterisch oder gar zerstoererisch. Und mit ganz besonderer Vorliebe stürze sich der Chorus dieser Kuemmerlinge auf die Männerliebe (sic!) und die Juden, um sich für sein banales, unglueckseliges Leben zu rächen. Mein Prince glaubt thatsächlich, dass der JudenHass sich gründet auf dem Ekel am eigenen, schaebigen Thun. Man sei, sagt er, nicht fähig oder bereit, sich zu aendern, und bringt das Fremde darob auf den ScheiterHauffen. Das moerderische Exempel, seinen Pelz zu waschen ohne sich nass zu machen. Die Erfindung des Teufels sei die Voraussetzung der Heiligsprechung. Das heilige Vaterland, die heilige Idee, der vergötterte Herrscher erfordern die Kreuzigung. Ein Mensch, eine Minderheit muss für das heillose Vaterland sterben, damit dieses seine UnThaten, seine Schuld erklären könne. Als Schuld des Anderen. Immer seien die auf diese Weise schuldig gesprochenen, seien es die Frauen, die Juden, die Gelehrten, die NichtNormalen, immer heißen sie daher schmutzig, schmierig, unrein. So erhebe sich das MittelMass. Es denunziere, um unbeflekkt zu sein. Es schlage die Frau, um männlich zu werden. Es trete den Ausländer, um sich als Herr zu erheben. Es denunziere die Vernunft, um seinen gesunden Geisth darzuthun.

Nun, Mila, in der Weise schwaezzte der Prince eine halbe Stunde. Was soll ich es Dir schreiben, verwaschene WeiberWeisheit und kraftlose Weichheit Alles. Ich frage mich, wieweit er thatsächlich solchem UnGeisth anhaengt. Wann er nicht den gesunden Hass der Deutschen und aller unwelschen Voelker auf das Jüdische theilt, nun so werd ich ihm die Augen dazu oeffnen und ihm die Alles bedrohende Verschwoerung dieser JesusMoerder darlegen.

Aber ich kam vom Thema ab, da ich dabei war, Dir zu rathen, von Anderen denn von Rafaelson zu leihen. Ists aber nicht zu vermeiden, so thus und sag ihm, dass ich und nur ich allein ihm die Procente zahlen will und er Dich honett dabei auslassen moege. Und wenn er nur leihen will per contante durch Dich oder es auch nur andeutet oder gar ins Haus kommen will, werde ich ihn nach meiner Ruekkunfft beschneiden, dass er alsbald seine jiddischen Vorfahren wiedersehen wird. Sei es Dir angesagt: Mein Bruder versprach es mir in die Hand, meiner Ehre Hueter zu sein und zu wachen der Ein= und Ausgaenge meines Hauses.

Alles aber, Mila, Alles, auch das Verborgenste, sieht der HErr und richtet uns danach. Ich anempfehle dich IHM. Gedenke meiner. Dein Johann.

den 2. November (allhier den 21. October),
im Hause des Hr. General von Staden zu Tula.

Liebe Mila! In einem Monath, so hoffe ich, Dich in meine Arme zu schliessen. Diese Zeith will ich mich moderat halten, aber es wird unschlachtig daheim zugange gehen, wann die monathliche Reinigung der Frauenzimmer meine Ruekkehr quert.

Wir haben seit Astrachan zwee militairische Paraden abgenommen, insammt werden es die vierzehn sein. Unserer ExcellenzTithel, die Ausstaffage unserer Kutschen, die Voranmeldungen, Alles verführet die Commandanten der Befestigungen, meinem Princen Gumplot ihr Reisiger Zeug vorzuführen und Rapporte zu erstatten ueber Bestand, Ausrüstung, Reglement und Vorkommnisse. Mein Herr thut gelangweilt, doch ist hoeflich und stolzieret die angetretene Truppe entlang und höret sich die Meldungen an. Seine Haltung dabei ist sozusagen militairrechtlich strafbar. Mit allem Respect that ich den Vorschlag, ihm einige Paragraphen des ExerciersRegelement und die nöthigen Haltungen für die Escorte d'Honneur zu erläutern und einzuueben. Er lächelte maliziös, da ich es ansagte; das seine gantze Antwort. Diese Ueberheblichkeit verwundert.

Sollte er, der iedem Kiesel Bedeutung beimaasst, den Werth einer Escorte d'Honneur nicht kennen? Oder ist es das Alter, denn er ist sechzig Jahre, wann er auch noch immer zwantzig Stunden auf den Beinen ist? Gebe es der HErrgotth, Mila, dass ich im Alter nicht kindisch werde. Dein Johann umarmt und grüsst Dich und Alexandra.

den 5. November
(oder nach dasigem Calender: 24. October),
Moscau.

Liebe, Liebste, Geliebteste, Mila! (– das ist Seifertsche Declination)!

Ich reise nun wohl schneller denn die Post und denke, vor meinem Tulaer Briefgen die Oka ueberschritten zu haben. Und ich werde wohl vor diesem Briefgen in Deinen Händen sein. Gleichwohl, angebethete Mila, will ich fortfahren zu schreiben. Dich wird es vielleicht später delectiren, und mein Prince lässet mir die Ruhe. Unthätigkeit ist ihm verhasst. Wann er mich ein halbes Stündchen in der Sonne dösen sieht, gleich gibt er mir ein Buch oder ein paar Steine zum Expediren oder fordert mich auf, Briefgen zu scribiren. Ich bin ihm wahrlich wohlgesonnen, aber eine AthemPause ist mir ab und an recht bedürftig.

Zum Teuffel mit aller Wissenschaft, wann sie mich nicht leben lässet. Warum muss vorzüglich mein Prince von solcher ArbeithsWuth gepakkt sein? Hab ich doch in Berlin Professoren gesehen, die auch einen berühmten Namen trugen und trotzdem zu leben verstanden. Solch ein Tithelchen beut viel Angenehmes, man lässet sich karessiren von aller Welth, das Gehalt ist verbrieft, man blikkt erhaben auf Handwerker und Kollegen; und dass man seine Raison allzu submiß darzubringen hat, scheint für die Meisten so grimmig nicht zu sein. Warum also ist mein Prince nicht vom gleichen Schlage? In seiner ThatenThürstigkeit und Begier auf iedes Detail ist er geradezu ein Jidde der Wissenschaft.

Der Aufenthalt in Moscau wird sich hinziehen thun. Man hat vor, uns weithläufig zu ehren; und das soll mir nicht weniger gefallen als es meinem Prince Gumplot zusagt. Neuerlich will auch Hr. von Menschenin Geschriebenes von mir. Er habe mich häufiger schreiben sehen und wünscht sich einen ausführlichen Bericht unserer Reise. Er solle noch vor St. Petersburg auf dem Papiere stehen. Wann's mir den Zobel einbringt, will ich mir die Finger wund schreiben. Dass alle Welth ein solches Gelüst auf ReiseBerichte in sich tragen! Von meinen LandsLeuten will ich es noch hinnehmen. Sie hokken in ihrem Preussen, und wenn nicht Kriege sie in fremde Länder führen, sind sie gantz auf die Conversation mit den Reisenden gestellt oder ohne alle Kenntniß. Ich will es mir zu Nüzze machen; wann meine Scripte meinem Princen zusagen, will ich sie in den berlinischen WochenBlaettern und Nachrichten für die Gebildeten Staende einrükken lassen. So kann mein Reisen mir noch zwee, drei Thaler zusetzlich abwerfen. Was mir andere Deutsche im Styl voraushaben, mache ich wett durch den gehabten Blikk ueber die Grentze. Ich schliesse, denn meine nächsten Bogen gehören vollständig dem Hr. Menschenin und einem russischen ZobelThierchen, das Dir umgehänget werden soll.

GOtth bewahre Dich und meine Tochter. Lege die Pantoffeln bereit und wärme die Betten. Ich komme. Dein Johann.

den 7. November
(allhier den 26. October),
Moscau.

Liebe Mila! Lezte Nacht glaubte ich neben Dir zu liegen und fand mich des Morgens unausgeschlafen, uebelgelaunt und – allein. Wenn in Nichts, darin ficht mich die Reise an. Doch kurtz vor den Thoren Berlins will ich nicht zu klagen anheben.

Die Ehrungen für meinen Princen und die Hrn. Ehrenberg und Rose gestalten sich hertzlich, doch uebermässig. Die Herren klagen ob des Aufsehens, das ihre Anwesenheit hier erregt; man betrachte sie wie Exoten und ZooThiere. Und ich bin häuffig angehalten, bei den Vorstellungen unserer Expedition mitzuthun. Morgen gehe ich mit Hr. Professor Ehrenberg in die dasige Universität. In Vertretung meines Princen (der sich sonstens zerreissen müsste) werden wir die Adressen des LehrerCorpus und der Studenten entgegen nehmen.

Die Niederschrift der Reise für Hr. von Menschenin macht mir Beschwer. Einige Blaetter, die ich probeweise ueberreichte, gab er mir zuruek. Es solle persönlicher gehalten sein und stärker meinen Herren tangiren; St. Petersburg habe an der Person meines Princen allerstärkstes Interesse. Der Zobel will gejaget sein. Also ich sezze mich wiederum hin und will ihm Morgen die Scripte vorzeigen.

Deine Befürchtungen, Liebe, in Bezug auf den Prince – ich will sie gar nicht erwehnen, sie sind abscheulich – entbehren mindest der Wahrscheinlichkeit. Du sagtest, gantz Berlin rede darüber. Dünkt Dir das viel? Berlin schwäzzt gern und vorlieb Boesarthiges. Und dass es Rafaelson ist, der es Dir raunte, ist item Grund genügend, das Gerücht als waschhaft abzuthun. Dass mein Prince zur Zunfft iener zu zehlen sei, die ihren GebärVater einzuhängen suchen (so gab er es Dir doch zu verstehen!), solches konnte in der

That nur ein Ohrenbläser und pauvre Jidde verbreiten wie Dein Rafaelson. Er soll seine Zunge hüten! Wann es gantz Berlin schwäzzt, guth, man kömmt nicht gantz Berlin an den Kragen. Doch wenn es ein Jidde schwäzzt, kann es ihm mehr als seinen barmigen KrämerLaden kosten! Soll er sich hüten! Ich iedenfalls fand keine Ursach, meinem Prince darin zu misstrauen. Und warum er nicht verheyrathet ist, sollte wenig Anlass zu unschlachtigen Muthmassungen sein. Dass die Boese Lust zur Verleumdung stetig ein Verlangen nach den hoeheren Köpfen und Untadeligen trägt, es ist genugsam bekannt. Sorge Dich also nicht um Deinen Johann, trage Sorge um Dich, Mila.

Ich will gestehen, dass auch mich die umlauffenden Reden vor der Reise irre machten, und ich wagte bislang darob nicht, Themen mit ihm zu bereden, die nur entferntest den heiklen Gegenstand berühren. Ein moscauer Bankette Gestern gab mir endlich Anlass. Nach seinem ledigen Stande befragt, erwiderte er, dass er lange verheyrathet sei und ueber vier Jahrzehnte eine vortreffliche Ehe führe, wenig Kummer mit seinem EheGespons habe und von ihren Vorzügen allzeith bezaubert sei. Man erstaunte. Er lächelte und gab endlich die Auskunfft, dass es die Wissenschaft sei, die er früh gefreit habe, und die nun eiffersüchtig darüber wache, dass keine NebenBuhlerin die allein ihr gebührende Zeith stehle. Nach dem Bankette fragte ich ihn eindringlicher, da ich mich mit dem Scherz nicht zufrieden stellen wollte. Ich war kühn genug, ihn daran zu erinnern, dass unsere Väter Unverheyrathet gleich sezzten dem Unberathen, und dass darin mancherley LebensKlugheit stekke. Er räumte mir Das als gemeiniglich trefflich ein, sezzte aber dagegen, dass AlleinHerrscher der Räthe entbehren sollten; anderenfalls seien es lediglich rathbedürftige Tyrannen, für die in der Sprache des Ehestandes unsere Väter das ebenso sinnige Worth HausTyrannen prägten. Ich drang in ihn, ernsthaft zu bleiben. Prince Gumplot schüttelte den

Kopf. Er wolle nicht einem jungen Ehemann und glueckseligen Vater mit den tristen Ansichten eines ergrauten JungGesellen aufwarten. Aus meiner Seeligkeit, sagte ich, könne mich kein Mensch noch anderer Leute Ansichten expatriiren (– mit der einen Ausnahme: Rafaelson; dies jedoch nur auf Dich gesagt, Mila); er solle nur unbesorgt gegen den Ehestand oder die Weiber loswettern, mich könne er nicht zu einem anderen Begehren uebertäuben. Er lächelte und schwieg, sezzte dann apodiktisch fort, er halte daran fest, dass Heyrathen der Weg in eine selbstverschuldete Unmündigkeit sei, ueberdies eine Sünde, das Kinder-Zeugen aber ein Verbrechen.

Die moscauer Verpflichtungen drängten ihn, so dass ich meine nach diesen Worthen begreifliche Ungeduldt bis zum Abend zügeln musste. Ich raethselte lange allein, doch ich fand keinen vernunftgemässen Aufschluss. Nachdem ich sein Bett aufgeschlagen und im Kamin Holtz nachgelegt, begann er unaufgefordert das unterbrochene Gesprech fort zu sezzen. Er habe mich, sagte er, allzujäh und verwirrt verlassen müssen und schulde mir einige Setze der Erklärung. Im vorvergangenen Jahre habe ihm ein Hamburger Verleger eine kleine Schrift zugesandt. Sie stammt von einem jungen Dichter, Heine benamst, dem er in Berlin förderlich sein konnte, wenngleich mit wenigem Nuzzen. Der Mann habe Witz und Brillianz des Styls, was in Deutschland viel heisse. Moralität besässe er dagegen wenig, was zwar neuerdings ueblich, dennoch bedauerlich sei. In iener Schrift, petits idées wohl betithelt, war einleitend ein Satz, der, sehr hübsch formulirt, von mancher Jungfer nachgeseuffzt werde. Er lautet: Sie war liebenswürdig, und er liebte sie; er aber war nicht liebenswürdig, und sie liebte ihn nicht. Der Satz sei in der That nett und allerliebst und eintzig bedauerlich daran sei, dass ihn die Jungfern noch auf der Lippe haben, wenn sie bereits die AltarTreppe hinaufgeführt werden. Seiner Erfahrungen nach werden diese hübschen Geschichten in einer Prosa zu Ende scribirt, die nicht allein der Poesie entbehre, sondern ueberdies sich durch schlechten und manchmal mordsmässigen Styl ausweise. Dem Prolog folgen recht unprologirte Acte, wobei die Thränen nicht mehr melancholisch seien, sondern einfach saltzig. Und wenn es erlaubt sei zu paraphrasiren, so laute das Stuek nach seiner Kenntniß: Sie war liebenswürdig, und er liebte sie nicht; er aber war nicht liebenswürdig, und sie liebte ihn. Das sei an sich schon schrekklich genug; doch in dem Stuek seien noch mancherley Auftritte verstekkt, die das Programm nicht angekündigt. Wenn es mir da an Anschauung gebräche, in Berlin gäbe es in der Umgebung des bernauer Thores allabendlich oeffentliche Aufführungen, zumal in der Nähe der dort reichlich vorhandenen Schenken. Und dass diese Stueke jeweils als LustSpiele angekündigt und als TrauerSpectacel enden, sei der unfromme Betrug der Direction, um dieses Unternehmen auch künfftig weiter führen zu können. In der Gegend des leipziger Plazzes wiederum werde das Stuek variirt gegeben, weniger oeffentlich; auch Prügel, Geschrei und Alcohol sind dort die selteneren Requisiten. Man zelebrire Riten, das sei die dort uebliche Dramaturgie. Und der vorgezeigte Friede, das Exercitium der lautlosen Schreie, sei ihm persönlich unerträglicher als die burlesken Rauffscenen, in denen doch Pausen durch Ermattung eingeschaltet sind. Hier aber herrsche unaufhörlicher Krieg, und der fürchterliche StuekText laute: Sie war liebenswürdig, und er war liebenswürdig, und alle Welth liebte sie; nur die beiden liebten sich nicht. Nein, er sei durchaus kein Freund dieser Einrichtung, die von den wenigen Freiheiten des Menschen weitere hinweg nimmt und das moegliche Gluek des Individuums in ein gefestigtes UnGluek verwandle. Selbstendige und freie Menschen, die eine Welth zu erobern gedachten, verschliessen sich ihr in einem muffigen Zimmer. Man binde sich, wie unsere Sprache so feinsinnig entlarvt, und ist dann halt gebunden. Was aber die Liebe betrifft, so sei nicht auszumachen, weshalb eine gleichsam strafrechtliche Auflage einer so zarten Pflanze bevörderlich sein solle. In einer veränderten Gesellschaft sei man dieser Kruekke entbehrlich, die allein dem Staate nüzzlich und darob so propagirt sei, dass der Unverheyrathete geradezu als ein Feind der Societät gelte. Die Historie allerdings berichte es anders. Die UrMythen aller Völker sprechen von Gesellschaften ohne alle staatlichen Einrichtungen, Unterdruekungen und Bindungen; sie wissen von Menschen zu erzehlen, die nicht freiten noch sich freien liessen und in einem glueklichen UrZustande lebten. Sündhaft aber und verbrecherisch dünke ihm das KinderZeugen. Dabei lächelte er mich an, doch ich, Mila, schwieg und gedachte bei mir, wie verwunderlich es doch sei, dass bei einem wohlgebildeten und geisthigen Menschen in den Dingen des gesunden Menschenverstandes so viel UnNatur herrschen könne. Prince Gumplot fuhr fort, er habe aeusserst selten Leute gesprochen, die von ihrem Land und ihrer Zeit entzükkt und der Ansicht waren, diese GluekSeeligkeit gedeihe mit iedem künfftigen Tag. Schwäzzer wären dies zumeist, kindische Narren und GeisthesKranke. Die Allgemeinheit aber beklage die Gegenwart und fürchte die Zukunft, erwarte Teuerung, KrankheitsSeuchen und unmässige Kriege. Und höre dennoch nicht auf, Kinder zu zeugen. Ja, es gäbe klargesichtige GeschäftsLeute, die nicht Willens wären, fünfzig oder fünfhunderdt Thaler in ein Geschäft zu stekken, dessen Profit erst in zehn Jahren zu ernten sei, dennoch wollen sie Söhne und Töchter, denen sie ueberdies ein langes Leben wünschen. Das, sagte Prince Gumplot, heisse er sündhaft. Erregte warf ich ein: Die Natur erfordert ... Er unterbrach mich. Die Natur sei sinnlos; wo wir sie bezwangen, wurden wir Menschen, wo wir ihr unterworfen sind, bleiben wir thierisch. Ich war entsezt und schrie ihn an, dass Nichts von dem Gesagten christlich oder menschlich sei, dass er die eigenen Eltern damit verfluche, dass er die hoechste Schöpffung GOtthes, ja, die Schöpffung insammt negire und auszulöschen trachte. Schwer athmend stand ich vor ihm und blizzte ihn mit meinen Augen zu Boden, vielmehr; ich versuchte es, um ihn von seinen IrrWegen abzubringen. Er selbst betrachtete mich besorgt als wie ein Arzt und entschuldigte sich bei mir, wahrhafftig, er entschuldigte sich. Dann entliess er mich mit einer HandBewegung. Ich war entsezt, wie Du es jezt sein mögest. Doch ich will hinzufügen, dass ich seine Worthe mehr seiner dasigen misanthropischen Laune zuguthe halte. Denn die Moscowiter traktiren ihn ausserordentlich, und manche ungewollte UnHoeflichkeit hat er hier hinzunehmen. Der gestrige Tag strengte ihn an, zumal ein Besuch in der Academie, von dem er sich Manches versprach, unglueklich auslieff. Man war dort, wie er erzehlt, nicht geneigt, ihn anzuhören, wollte ihn bloss angaffen und anfassen und legte auf seine sibiriesschen Entdekkungen keinen Werth. Allein begierig sei man, sagte mein Prince, wenn er es nur erlaubt hätte, mit dem Federmesser ein Stuek seines Körpers zum Andenken heraus zu schneiden. So gedenke ich, seine Worthe nicht auf die GoldWaage zu legen. Der folgende Tag zeitigte einen aufgeräumteren Princen, der mit keinem Worth und keiner Miene auf ienes unseelige Gesprech von Gestern zuruekkam. Wenn ich es Dir doch aufzeichnete, so ist es Gewohnheit zum Theil und zum Anderen die Absicht, einige MerkPunkte seiner Ansichten scribirt zu haben, auf dass mir die Reise lebendiger vor Augen stehe, wenn erst die Jahre darüber gestrichen sind.

Ein schneller Kuss Euch beiden, denn die Post geht in wenigen Minuten ab. Ich bin wohlauff. Johann.

den 8. November

Mila, oh welche Schäbigkeit! Was für eine exorbitante Niedertracht! Mir schäumt der Speichel, wenn ich mich nur daran erinnere. Dass ich nicht in diese geblähte Visage geschlagen habe, möge der HErr mir verzeihen. Soll der grossmaechtige Zar darein hauen, um diese Schande von seinem Reiche zu löschen. Welche Erbärmlichkeit, Mila, und dass unsere Reise zu ihrem Beschluss einer solchen Ruchlosigkeit ausgesezt ist! Ich drang in meinen Princen, dieses Bubenstuek dem Grafen Cancrin zu melden und auf eine Bestrafung zu wirken. Und bei allem seinem Sträuben, ich werde nicht ablassen, ihn dahingehend zu bewegen. Er ist es seiner Person schuldig, seiner Stellung, ja, selbst dem preussischen Staate, als deren Excellenz er die Reise thätigt. Mussin, so heisst der Ausverschämte, und wann er gleich MilitairCurator der moscauer Universität ist, soll dran. Er hat dem grossen Russland Schande bereitet und sein Vaterland bespeit, als er meinen Princen schmähte. Nichtswürdiger, der er ist. Gegen zehn Uhr des Morgens fuhr ich nach der Verabredung mit Hr. Professor Ehrenberg in den Hof der moscauer Universität ein. In meiner Tasche hatte ich ein Schreiben des Princen Gumplot, in welchem er sein Ausbleiben erkläret und entschuldigt, und war beauftragt, diesselbe Sr. Spectabilität, dem Decan der naturwissenschaftlichen Facultät zu uebergeben. Hr. Ehrenberg sollte in Vertretung meines Princen Bericht ueber unsere Reise durch Sibirien thun. Anstatt uns erwartender Doctores und Studiosi begrüssten uns MilitairMusik und exercirende junge Leute, durch die unsere Chaise an der WeiterFahrt gehindert war. Drei ergraute Herren stuerzten uns entgegen und zeigten sich offensichtlich erleichtert, als sie von uns erfuhren, dass meine Excellenz verhindert ist, vor den Professoren und Studenten der moscauer Universität zu sprechen. Wiewohl sie vorzüglich deutsch sprachen, war ihrer Rede demohngeachtet schwer zu folgen, dieweil sie sich einander unterbrachen, Setze nicht zu einem Ende führten und derlei andere Verwirrungen vorwiesen. Zu entnehmen war, dass unser Besuch sich hoechst unglueklich mit einer Anordnung des MilitairCurators der Universität kreuze, wonach am nehmlichen Tage für alle Studiosi Exerciren angesezt war. Angesichts der Situation Russlands, seiner stetigen Bedrohung durch macht= und bodenlüsterne Feinde sei es unumgänglich, den nationalen SelbstSchutz zu organisiren und primatum zu behandeln. Iedwede Thätigkeit ist diesem unter zu ordnen. Den Anordnungen des Militair-Curators, so versicherten unisono die drei GrauKöpfe, ist stricte Folge zu leisten, wiewohl man die unglueckliche Constellation gar nicht genug bedauern könne. Wir aeusserten unser Verstaendniß, insonderheit uns klar gethan wurde, dass auch die moscauer Professoren hierin der MilitairRechtlichkeit unterstünden und sie sich mit einem Beharren auf den Besuch meines Princen der Insubordination schuldig machen würden. Wir versicherten die aufgeregten Herren unserer Einsicht, und ebenso, dass die Besorgniß einer Misstimmung bei uns oder meiner Excellenz unbegründet sei, zumal wir, wenn auch aus einem anderen Staat kommend, in dem Puncte der LandesVerteidigung gleich eiffrige Patrioten seien. Zusetzlich sprachen wir die Vermutung aus, dass mein Prince eine Abordnung der Universität gern empfangen werde, zumal er Selbiges in seinem Schreiben nicht ausschloss.

Nun drängte man uns, den Wagen zu besteigen, um den Universitäts= und ExercirHof zu verlassen. Ich aber, der ich lange und gern gedient habe, war begierig, einen Blik auf die russischen Uebungen zu werfen. Sie waren, um es kurtz anzumerken, durch Nichts ausserordentlich, was bei Erwehnung des Umstandes, dass hier Zivilisten marschirten, verstaendlich ist. Der MilitairCurator fiel durch die

Prächtigkeit seiner Uniform auf, mir aber mehr noch durch den Umstand, dass er in regelmässigen Abstaenden einen Befehl wiederhohlte, in welchem der Name meines Princen auftauchte. Daran war nichts Verwunderliches. Waren doch auf unserer Reise mehrfach bei dem Besuch der Befestigungen durch den vorgesezten Commandanten Tages-Befehle ausgegeben worden, die meine Excellenz feierten. Ich befragte die drei Professoren nach der Uebersetzung ienes Befehls und stuerzte sie in die groesste Verwirrung. Man verstand nicht, man hüstelte, man versicherte uns der Hochachtung, man erwehnte die angesprochene Aufwartung bei meinem Princen, kurtz, man wollte mir nicht uebersezzen. Ich notierte mir darob ienen Befehl, nachdem wir die Kutsche bestiegen hatten, um mir anderen Orts Bescheid zu holen. Gumbolti nam nenuschni, dies war es, was der unseelige Mussin auf dem ExercirPlazze herum brüllte. Denn die Uebersetzung, die ich mit Hilfe einer dasigen HausAngestellten besorgte, bedeutet: Humboldte brauchen wir nicht! Humboldte brauchen wir nicht, welch ein schäbiger Mensch und schlechter Officier, der den Namen Mussin traegt. Ich berichtete alles meinem Princen und fügte auch hinzu, dass ich den Eindrukk habe, ienes Exerciren sei seiner geplanten Rede wegen angesezt. Der MilitairCurator Mussin habe nicht wissen können, dass in der Chaise allein Hr. Ehrenberg und meine Person sassen; vielmehr musste er darinnen meinen Princen selbst vermuten. Ich beschwor ihn, unverzüglich dem OrtsCommandanten Meldung zu machen, bedrängte ihn, die Schamlosigkeit dem Zaren oder doch dem StaatsMinister Graf Georg von Cancrin zu melden. Bisher war es zu Nichts nuzze. Er wechselte wohl die Farbe und war betroffen, ass gegen Mittag auch nur mit wenigem Appetit, doch wies er meine Forderungen barsch zuruek. Er sei an die fünfundzwantzig Jahre Königlicher KammerHerr und nunmehr Geheimer-Rath und Excellenz und habe gelernt, was seines Standes ist. Er will der Unverschämtheit eines russischen Beamten nicht noch eine beleidigende Abfuhr hinzufügen, die ihm zweiffelsohne zutheil werde, wann er sich ueber ienen Hr. Mussin beschwere. Dieser MilitairCurator wisse sich durchaus im Recht und füglich ausser ieder Bestrafung. Wenn nicht gar die Vorführung abgesprochen sei; dieses sei sogar wahrscheinlich, und insofern gelte sie weniger ihm als den Studenten. Sein Besuch, die wissenschaftliche Reise, die exorbitanten Aufmerksamkeiten, all dieses vermöchte in der jungen russischen Intelligenz falsche Erwartungen wekken und Hoffnungen, denen man mit grober Deutlichkeit beizukommen wünsche. Im Uebrigen vermöge ein MilitairCurator, russisch oder preussisch, sich weith mehr zu subsummiren als einen armseeligen Vertreter der Wissenschaft. Mein Benehmen sei lächerlich, raunzte er mich an, und er wünsche hinfort Nichts darüber anzuhören. Ich aber war halsstarrig und sprach ihm, es sei ein point d'honneur, hierin nicht zu schweigen und einen Unwürdigen, einen Mussin zu zerschmettern oder selbst unter zu gehen. Darauf warf er mich aus dem Zimmer. Zum ersten Male erinnerte er mich an meine Stellung, die mir solche Reden nicht erlaube. Und er warf mich, bei GOtth, aus dem Zimmer.

Doch ich will nicht aufhören, ihn zu bedrängen. Mag er mir kommen, wie er es will. In diesen grossen Herren herrschen doch eigenthümliche Abstractionen vor, so dass der gesunde MenschenVerstand ihnen wenig gebeut und angeblasst dahin dämmert. Ich habe ihn zum Essen und Schlaffen gebracht, wann er seines Cörpers vernachlaessigte. Soll ich der Wohlfahrt seines Leibes eingedenk sein und der Wohlfahrt seiner Seele unaufmerksam? Nein, wann ich bestallt bin, der Begleiter meiner Excellenz zu sein, will ich dem genügen als ein Mensch, als ein Mann und als ein Deutscher. Also soll mir seine Verstimmung nicht abschrekklich sein, sondern mein Trachten allein darauf gerichtet, den Werth eines preussischen Gesandten zu halten und zu foerdern.

Moscau lässt mir viel Zeith, und wiederholt begehe ich die Allee um den alten ZarenPallast und die Boulevards um die Beloi=Kirche und die Wassili=Blasius=Kirche mit ihren grün= und goldenbemalten KugelThürmen. Es müssen in der Stadt an die tausendt dieser KirchenThürme stehen; so massiv gebaut, dass sie Francosen und Türkken widerstanden und der Frommigkeit der Moscowiter Allezeith ein Stekken waren.

Befürchte Nichts um mich, geliebteste, angebethete Mila. Ich will mich um meinen Princen diplomatisch arrangiren. Ich will ihn hier mannbarer halten und dennoch in Berlin seinen Dank haben.

Ich küsse Dich, ich küsse mein kleines Mädchen, Dein Johann.

Moscau, 9. November.

Mila, wir reisen heute gen St. Petersburg. Sind wir erst dorten, so ist es ein Kazzensprung bis zum Oranienburger Thore.

Mein Zobel und das versprochene Geschmeide, es ist in einem finsteren Loche der Niedertracht verschwunden.

Mein anfängliches MagenDrukken angesichts des Hr. von Menschenin war durchdachter als meine Ueberlegungen in Anbetracht seiner Offerten. Und wann die Welth voll Teuffel wäre – Mila, sie ist es.

Schluss aber, ich muss pakken und reisen.

Dein Johann, der erst wieder glueklich sein wird bei Dir.

den 14. November
(allhier den 2. gleichen Monaths).

Liebe Mila! Wir sind in der HauptStadt angelangt. Das grosse St. Petersburg empfing uns fürstlich. Wiederum sind wir insammt bei dem Hr. General von Schöler einquartiret und man behandelt uns in seinem Haus mit der gleichen Vornehmheit wie im Mai des Jahres. Die Russen dagegen sind recht narrisch. Alleweg bestürmt man uns und mit den putzigsten Fragen. Man kennt hier sein eigen Land nicht. Man liest die francösischen und deutschen Gazetten (was schadet's, wann sie ein Dutzend Tage alt sind), und spaciret so in den Gedanken auf den vertrauten Promenaden Berlins und Paris' und beklaget ansonsten die Maasse des grossen russischen Reiches, die es vorsinthfluthlich mache und halte. Viel zithirt geht hier ein ZarenWorth, wonach Russland verstendiger zu regieren sei, wann es nur ein Fünftel seiner thatsächlichen Fläche betrüge. Gumplot bemerkte, dass er zu dieser Replik einen Cäsar oder Napoleon hören wolle.

In meinem lezten Briefgen deutete ich wohl an, dass Hr. von Menschenin seine Freundlichkeiten und Versprechungen von mir abzog. Meinen erneuten ReiseBericht verwarf er gleichfalls und wurde endlich deutlicher in der Rede. Er frug, womit ich glaube, mir die angekündigten Presente zu verdienen. Und da meine Scripte auf dem Tische lagen und mich somit einer Antwort enthoben, schwieg ich. Nunmehr that er mir klaren Bescheid. Er kennte meine vertraute Haltung und die ausführlichen Gespreche mit dem Princen, und er erwünscht sich, jene Gedanken und mitgetheilten Absprachen mit Verbannten und allerley Aufsässigen zu Papier gebracht, die sein Land und dessen Einrichtungen beträfen. Dafür allein seien die angebothenen douceurs aus seinem StaatsFond gedacht, nicht aber für belanglose Beschreibungen von SonnenAufgängen ueber dem Ural. Mit Lezterem waren meine auf dem Tisch liegenden Scripte bezeichnet. Der Ausverschämte both mir ueberdies an, alles zu unterdruekken, was mich selbst vor dem grossmaechtigen Zaren aller Reussen verklagen würde. Ich zittherte, ich stotterte, ich berief mich darauf, blosser KammerDiener des Princen zu sein, dem dieser hin und wieder Wünsche hinsichtlich seines Wohlbefindens zukommen lasse, jedoch keine Worthe staatsmännischen Belangs. Umsonst. Er hörte mich nicht an, sagte ein VielDeutiges: Man wisse, man wisse sehr gut. Sagte, mein Prince gedenke den 28. November nach Berlin zu reisen und dass Diesem Nichts entgegenstehe, wofern mein Bericht zu seiner, Menschenins, Befriedigung ausfalle. Und ging.

Ich zittherte am gantzen Leibe und beruhigte mich den langen Tag ueber nicht. Der gleichen schäbigen Verpflichtung war ich in Berlin mit einigem Gluek entgangen, aber hier sehe ich keinen lichten Weg. Wann ich nicht die Absicht trage, in St. Petersburg zu verbleiben, und ich will es keinen Tag ueber die nothwendige Zeith, soll ich den JudasBrief schreiben. Mich meinem Princen zu eroeffnen, wage ich nicht. Er wäre zweifelsohne zynisch genug, mir zu rathen, dem Ansinnen Menschenins zu folgen. Aber ich will es nicht, ich thu es nicht, nein, Mila. Ich schreibe Nichts und werde Gumplot Nichts erzehlen. Einmal mich so dem Princen eroeffnet, wird er künfftig meiner Lauterkeit nicht vertrauen und einen unbegründeten BodenSatz der Vorsicht zuruekbehalten. Oder, Mila? Sind wir doch auch geschwinde und mit verbundenen Mündern durch die sibirieschen PestDörfer gefahren, ohn uns von den Schreien Derer aufhalten zu lassen, die da betheuerten, nicht von der Seuche angestekkt zu sein. Wir sind durch die Siedlungen galoppiert, dass die Kutschen krumm und schief sich sprangen, und es gruselte uns. So muss ich schweigen ueber das von Hr. Menschenin Erwünschte, denn es vermag mich meinem Herren fremd zu machen, so oder so. Doch nicht genug, Mila. Das mir dergestalt schrekklich gewordene Moscau verlassend, treffen wir Gestern in St. Petersburg ein, und bereits zehn Stunden nach unserer prächtigen Ankunfft, theilt uns der preussische Gesandte, Hr. General von Schöler, mit, dass unsere Ruekkehr nach Berlin zu verschieben sei. Zar Nicolaus sei unwohl und ersuche meinen Prince, bis zu seiner Genesung in der Residenz zu verbleiben, auf dass er hoechstselbst sein Licht leuchten sehe und sein Urtheil ueber Sibirien erfahre. Mein Herr war darob maulig vor mir, da es ihn drängte, nach Berlin zu kommen. Ich aber, wohl nicht weniger als er nach Berlin gedrängt, und, in aller Bescheidenheit, wohl mehr als er in Berlin ersehnt, mir zittherten erneut und unmässig die Hände. Weiss ich doch, wem allein wir den unerwünschten Aufenthalt hier zu verdanken haben. Und weiss ich doch nicht, worin all Dieses ende.

Wenn ich aber das Erwünschte von mir gebe, was geschiehet alsdann mit uns?

Und mein armer, unwissender Herr. Er erblikkt die alleinige Ursach der verlängerten Reise in der Unpässlichkeit des Zaren! Seine Commentare dazu bereiten mir Lachen und Furcht. Denn wann immer er den Namen des Zaren erwehnet, erblikke ich die Frazze des Hr. von Menschenin, dieses vorgeblichen OberHüttenverwalters.

Rathe mir, Mila, denn ich bin gäntzlich kopflos. Trage ich doch die Verantwortung für unsere gesammte Expedition. Die Herren sind guther Dinge und scherzen, ich aber muss schweigen. Mein Schädel brummt und knurrt. Ich liege nehmlich schlaflos ob der vielen Politik, die ich in meinem Kopfe zu bedenken habe. Die Tage vergrübele ich, allweil meine Herren sorglos sich ihrer Ehrungen erfreuen. Ich wünschte, Dich bei mir zu haben, auf dass ich einen Menschen hätte, mit dem ich mich erzehlen kann.

Ihr werdet Weihnachten allein sein. Ich weiss nicht zu sagen, wann ich bei Euch bin. Ich bin verbittert und entsezt. Ich umarme Dich und mein Kind. Johann.

den 22. November
(nach altem Calender den 10.),
in St. Petersburg.

Liebste Mila! Es ist noch Nichts entschieden. Mein Prince spricht nun von dem 2. December, an welchem er abzureisen gedenkt, aber ich fürchte, dass er sich hierin irrt.

Hr. von Menschenin, den wir hier selten zu Gesichte bekommen, uebersieht mich zumeist, und wenn, so thut er, als sei kein boeser Gegenstand zwischen uns getreten. Beim heutigen KirchGange trat er kurtz vor mich hin, fragte, wann wir beabsichtigen, Russland zu verlassen, und verschwand, bevor ich nur grüssen gekonnt. Wechselnd theilt man meinem Princen mit, dass sich der Gesundheits-Zustand des Zaren bessere und verschlechtere. Und ich bin gewiss, es liegt allein bei mir.

Gumplot erhielt einen köstlichen St. Annen=Orden mit einer ZarenKrone darauf, die Hrn. Professoren gleichfalls. Aber ein Orden ist keine Chaise nach Berlin! Dennoch, die uebermässigen Ehrungen gefallen meinem Princen guth, ob er gleich klagt, hier die Zeith nur ehrenhalber zu verbringen. Er ist von bester Laune und aufgelegt. Schwäzzt wieder mit mir. Die Verstimmung gegen meine Person ist fort geblasen. Häuffig erzehlt er mit mir ueber Dich und das Kind. Auch schien es ihm angebracht, sein niedriges Urtheil ueber den Ehestand und die Nachkommen, wenn nicht zu revidieren, so doch freundlicher zu coloriren. Doch neige ich anzunehmen, es ist geschuldet einer Hoeflichkeit gegen Dich und mich und weniger die Frucht seines HagestolzenDenkens.

Sei es, Mila, wie es wolle. Ich habe darin die Eithelkeit

für mich, ihm durch ContraHaltung Anlass zum Ueber-Denken gegeben zu haben. Er räumete mir ein, dass auf ihn zutreffen mag, was einer der neueren Philosophen zu Kant anmerkt. Nehmlich, dass dieser in der MetaPhysic der Geschlechter und Ehe oberflächlich und ohne SachKenntniß urtheile. Daraus könne mancher guthe Gedanke entspriessen, der von Werth, weil fernliegend und unbeachtet ist, doch wird man insammt mit zuviel Unrichtigkeiten sich plakken müssen. Dennoch bleiben ihm energische Bedenken gegen das so unbesorgte Zeugen von Kindern. Sein hefftiges Schmähen entspringe dabei der Kenntniß unserer LehrAnstalten. Es sei ihm ueber die Maassen unbegreiffbar, wie iene kleinen Menschen, die man das hoechste Gluek nenne und sorgsam und zaertlich behüte, so gelassen in Anstalten gegeben werden, die mit diesen wehrlosen Geschöpfen kaum anders verfahren als Prokrustes mit seinen Gästen. Kleine Individuen voller Begabungen, Phantasien und ThatenLust, berstend vor Einfällen, selbstbewusst und sensibel, begabt mit einer Anmuth des Denkens, die uns Alte verwirre, in den schwierigsten und schmerzlichsten Dingen des Lebens einfach, weil natürlich, und ausgestattet mit einem Universum von Möglichkeiten; sie werden in Schulen gegeben, die sie nicht als Erwachsene, sondern verwachsen verlassen. Man spreche mit einem dieser Geschulten und man kenne die Generation. Und während die Welth, von Revolutionen geschüttelt, sich neu ueberdenke, während das francösische Beispiel alle Monarchen in die Schranken fordere und die Worte Freiheit, Gleichheit, Brüderlichkeit im Alphabet eines ieden europäischen Hofes gesucht und aufgefunden werden, erstikke Preussen seine aufwachsenden Hoffnungen in der Erziehung zur Genügsamkeit, GleichFörmigkeit und UnSelbstendigkeit. Mit Facta ueberfüttert, aufgebläht von unverdaubaren Lehr-Stoffen, unpraktisch gemacht für das gewöhnliche Leben, dabei eithel und aufgeblasen durch ein AllerwelthWissen, kurzum, predestinirt für den Beamten, so erscheine nach der SchulProcedur die eben noch rosige Hoffnung. Mit Lehrsetzen vollgepfrofft zu Gegenständen, für die sich ihre Jugend nicht interessiren noch Verstaendniß aufbringen könne, wirken sie gleichermaassen gelehrt und albern. Mit den schönen Künsten zwangsweise beschäftigt, als ihre Sinne allein in der Natur sich zu bilden fähig waren, stumpfte ihre Sensibilität ab und die mangelnde Empfindsamkeit kongruire nun mit naseweisen Klassifizierungen der KunstWerke. Auf gleiche Arth ueberfüttert ohne verdauen zu können, verhalte es sich mit der religiösen und politischen Bildung; die preussische StaatsLehre und =Philosophie werde auf ein paar nachbethbare Sprüche reduziert, würdig für PoesieAlben, womit dann Iedes und Alles erkläret und abgeurtheilt wird. Und so, gefüllt mit einem Wissen, das nicht zwei Ekken weith reiche, mit einigen Formeln aus ieglicher Wissenschaft, geeignet allein zum Vergessen und so auch genuzzt, genudelt mit MerkSprüchen auf Kosten einer Hertzens= und CharacterBildung, so tauchen nach einigen SchulJahren die vielversprechenden Knospen wieder auf, die jezt auf Iedermann wirken, als seien sie mit kochendem Wasser abgebrüht. Die Blüte sei zerstört. Und fruchtlos bleiben sie, das aber mit Fleiss. Und die Ersten, die diesen erbarmungswürdigen Zustand beklagen, sind die Lehrer. Denn nicht ieder ist zum Henkers-Knecht gebohren und hat Freude an den muthwilligsten Verstümmelungen. Er selbst sei naturhaft erzogen. Mit achtzehn Jahren konnte er so guth wie gar Nichts, und seine Lehrer glaubten, dass nicht viel mit ihm werde. Wäre er der jezzigen SchulBildung in die Hände gefallen, leiblich und geisthig wäre er zu Grunde gegangen. – Ich muss mich unterbrechen, da ich zu sechs Uhr p. m. meinen Princen zu begleiten habe. J.

PostScriptum. Liebste, es ist ein Uhr Nachts. Ich werde Morgen schreiben. Dieses Briefgen will ich noch siegeln, dass es mit der FrühPost nach Berlin gehe. Eine nächtliche Umarmung von Deinem Sposo.

den 26. November.

Mila, Liebste! General von Schöler theilte meinem Princen eben mit, dass der Zustand des Zaren zu ernstlichen Befürchtungen Anlass gebe.

Also werden wir auch am 4. December nicht reisen dürfen. Wann ich wenigstens eine Zeile von Dir erhielte. Ich kann, ich will nicht mehr schreiben. Ich weiss nicht, was davon zu halten ist. Was darf ich thun? Was soll ich thun?

Vielleicht, und der Zar ist thatsächlich nur schwer erkrankt?

Ich bin rathlos wie niemals zuvor. Johann.

den 28./16. November,
St. Petersburg.

Liebste Mila! Es heisst nun, wir sollen nur noch acht bis zehn Tage warten. Nicolaus genest. Hr. von Menschenin ueberbrachte uns die Botschaft – ohne mich ueberhaupt wahrzunehmen. GOtth dem HErren sei gedankt.

Nebenbei erzehlte er uns von seinem ReiseBericht für die Kaiserliche Kasse, was meinen Princen vorzüglich amüsirte. Zahlen, Zahlen, Zahlen. Zuruekgelegte Meilen, ueberschrittene Flüsse, Anzahl der PostStationen und bewegten Pferde (es sollen 12244 Pferde gewesen sein). Warum das Ministerium der Financen die Zahl wohl wissen moechte? Da es doch den Prince nicht um Rechnungen requirirt? Mein Prince meint, es sei das Vergnügen der Aemter, Gemeinpletze zu summiren und sich zu berauschen an diesen Zahlen. Die StuekZahl der in St. Petersburg innerhalb eines Jahres verzehrten Brote sei so hoch wie belanglos, da ohne ieden NährWerth; doch hofft man sein Publicum mit diesen Spielereien zu beeindrukken und ihnen die Nüzzlichkeit der Beamten vorzuzeigen, wenngleich ihr Verdienst daran nur das Summieren ist. Das sprach er, als Menschenin gegangen war.

Ich will nicht davon reden, wann ich bei Dir bin. Es ist mir schwer, von dem zu sprechen, an was mein Hertze Tag und Nacht denkt. Die Zweiffel nagen in meiner Brust als wie eine schwarze Schlange. Auch ist meine Furcht ueber mich maechtig, so dass ich den Anblikk des Hr. von Menschenin fliehe, denn Zitthern erfasst mich, wann immer ich des ungluekseeligen Auftrages gedenke.

Mein Prince und die Herren sind derzeitig in der Academie, allwo mein Herr die grosse Rede an die Adresse des Zaren und SelbstHerrschers aller Reussen zu halten hat. Nicolaus ist selbstens nicht anwesend, doch der Zarewitsch, was der ThronFolger und ein Kind ist, und GrossFürsten und Fürsten in VielZahl.

Am Vormittage bath mein Prince die Hrn. Rose und Ehrenberg zu sich und trug ihnen bereits die Rede vor. Ich war bedienenderweise zeithweilig anwesend, so dass ich hinlänglich unterrichtet bin. Die Hrn. Professoren waren anfänglich ob der Einladung erstaunet, da sie den Vortrag ohnehin in der Academie hören werden. Prince Gumplot erwiderte, dass er des Rathes von Freunden bedürfe. Er habe in den lezten Nächten iene Rede geschrieben, mit der er am heutigen Nachmittage vor den Vertretern des St. Petersburger Hofes und vor der Welth Zar Nicolaus I. die Erlaubniß und Ausstattung der ForschungsExpedition bezahlen müsse. Er hege keine Illusionen ueber die Rolle, die iener in seinem Land und auf der düsteren europäischen Bühne spiele, und daher weiss er, dass ihm sein Dank teuer zu stehen komme. Aber er müsse bezahlen, da die Reise nun einmal auf Kosten Nicolaus' geschah. Er suche allerdings, da sich die oeffentliche Verneigung bedauerlicherweise nicht vermeiden lasse, allem auszuweichen, was er nach seiner unerschütterlichen Ueberzeugung nicht verteidigen kann. So sei ein GuthTheil Ironie in seiner Rede, und darob wünsche er die Ansichten seiner Freunde zu vernehmen, denn die difficile Materie verlange vor allem Ausgewogenheit. Er bitte, Critic und Rathschläge ihm nicht vorzuenthalten. Eithelkeiten hierin seien ihm fremd und sein eintzig Trachten gehe darauf, mit Anstand sich einer penetrirenden Umarmung zu entziehen.

Meiner Gewohnheit folgend, schrieb ich seine Rede mit, doch unterbrach mich mein Prince, als der Dieses bemerkte und schikkte mich hinaus. So habe ich nur wenige Setze zu Papier gebracht, die ich gleichwohl mittheile:

»Ew. Kaiserliche Majestät! Gnädigste und Erlauchteste Kaiserin! etc. Wenn meine schwachen Bemühungen im Stande sind, einen Fortschritt in den ernsten Studien ueber die Physic eines Continents zu liefern, von welchem ein so grosser Theil dem Scepter Ew. Kaiserlichen Majestät unterworfen ist, oder Irrtümer zu berichtigen, so verdankt die Wissenschaft dies der Munificenz Ew. Kaiserlichen Majestät, die ich in der Kette des Urals, wie im Altai und am Gestade des caspischen Meeres gleich lebhaft empfunden habe. Es ist daher für mich eine heilige und angenehme Pflicht, an den Stufen des Thrones Ew. Kaiserlichen Majestät den Tribut des lebhaftesten und ehrfurchtvollsten Dankes für diese Huld nieder zu legen. Die Expedition, mit deren Leitung Ew. Kaiserliche Majestät mich zu beauftragen geruhten, besass einen eigenthümlichen Character: sie war hervorgerufen durch die Tendenz der freien GeisthesEntwikkelung, die unser ZeithAlter in so hohem Grade auszeichnet und die Ew. Kaiserliche Majestät von Anbeginn Ihrer Regierung gefördert haben als ein génie pacificateur. Ew. Kaiserliche Majestät geruheten zu bestimmen, dass die Gegenden, welche ich besuchen wolle, gantz von meiner Wahl abhängen sollten. Sie erklärten, dass der Hauptzwekk dieser Reise der sei, der Wissenschaft, und insbesondere der Geologie und dem in unseren Tagen so fruchtbringenden Zweige des ErdMagnetismus, förderlich zu sein, und dass bei meinen Untersuchungen durchaus Alles, was materielle und oertliche Interessen beträfe, nur eine Nebenrolle spielen solle. Wenn ich hier diese edlen und hochhertzigen Worthe wiederhole, so glaube ich, dadurch Ew. Kaiserlichen Majestät in tiefster Ehrfurcht die Huldigung an den Tag zu legen, welche eines maechtigen Monarchen würdig ist, der mit unvergleichlicher GrossHertzigkeit und WeithSicht die Wissenschaft bevördert und beräth, welche die Vernunft nährt und befestigt.«

So weith mein Prince. Die Reactionen der Hrn. Professoren hörte ich nicht, doch war man allseits beim MittagsMahl nieder gedrükkt. Eine eintzige Bemerkung gab es währenddem zu dem AcademieVortrag. Mein Prince sprach unvermittelt Hr. Ehrenberg an und sagte, es läge durchaus in seiner Absicht, die Ironie so fein gehalten zu haben, dass sie sich erst bei dem zweeten Blikke erweist. Da aber sei sie doch offenkundig. Ehrenberg pflichtete ihm bei, doch wechselte keiner sein besorgtes Gesicht.

In der nächsten Stunde erwarte ich meine drei Herren zuruek. Wann ich weiteren Aufschluss ueber die Rede erhalte, will ich nicht verabsäumen, Dir es alsbald mitzutheilen. Bleibt gesund, meine beiden Lieben, bis zu unserem Wiedersehen, um das ich zum HErrGOtth bitte. Dein Johann.

den 1. December (19. November),
derzeith noch in St. Petersburg.

Mila, Geliebte, wir fahren. Zum Sonntag ist mein Prince zur Audience geladen. Nicolaus ist noch nicht vollends wieder hergestellt, doch thut die Genesung fort schreiten.

Er empfängt meinen Herren quasi vor dem Aufstehen, so dass wir präterpropter am 7. oder 8. reisen können. Zum 20. hoffen wir in Berlin zu sein. Ohne Zobel für Dich, doch bei Dir. Menschenin erfuhr von der Kaiserlichen Einladung erst durch uns. Auf sein blödiges Gesicht hin that mein Hertz einen LufftSprung; so delektirte es, ihn zu sehen.

Die distinguirende Audience sprach sich in wenigen Stunden in gantz Petersburg herum. Ueberhaupt sind wir nebst dem Zaren in Aller Blikke. Ieder Besuch, iedes Wörthchen von uns affizirt die petersburger Bürger. Wenn man sich auch fein künstlich zu benehmen weiss, sehr moderat ist ihre Neugierde nicht. Wann ich den BlitzEinfall hätte, ueber meinen Princen zu referiren und von seinen EigenArthen, Gewohnheiten und MahlZeithen zu erzehlen, mein Auditorium wäre kaum geringer denn tausendt Mann. Und deutsch spricht man ohnhin allhier viel.

Der Vortrag vor der Academie zeitigte auch a part Interesse. Heute hörte ich raunen, dass die Salons sehr getheilt sind in den Ansichten. So erlaubt man sich deprimirte Anspielungen, wizzelt, thut sich originell, und der OhrenBläser gibt es hier nicht weniger denn in Berlin. Insonderheit soll sich ein Satiricer hervor thun, der einiges Gefallen findet und mit schlüpferigen Versen die StaatsPolitic commentirt, ohne dass man Grund findet, ihn zu arretiren oder aus Petersburg auszuweisen. Solche Miethlinge scheinen sich immerschlau, uebertäuben ihr Publicum mit Anspielungen, die ein ieder verstehen mag, wie er es will, zeigen einige ausgepeitschte Reime und jämmerlich SchauSpiel, da sie nicht capable genug waren, eine hoefische Stellung zu erwerben oder sich anderswo auszuzeichnen. Doch so adrett und künstlich sie auch tanzen, man hat noch feinere Tänzer als sie auf die Füsse getreten und in die GoldSeiffen gestekkt zu den Polen und anderen Verbrechern. Der dasige HauptVogel ist ein nicht mehr junger Bibliothecar, ein gewisser Crilov, der sich geschikkt thut, allzujäh Furore zu machen und auf dessen Anwesenheit die meisten Salons Werth legen. Er soll jezt ein viel belachtes Pasquill auf meinen Princen geliefert haben. Iedenfalls ist man gemeinhin der Ansicht. Denn bei aller Waschhaftigkeit, diese pauvren Schreiber lassen keine Namen fallen in ihrem Vortrag; dafür raunt das Publicum umso mehr.

Sein Pasquill läufft darauf, dass ein EichKater einem Löwen dienert, dessen Speichel trinkt, Hintern lekkt und vergreist und verhungert, derweil seine Brüder freiheitlich den Wald bewohnen und guther Dinge sind. Wie Das mit Prince Gumplot aufgehen mag, wird hoechstens ein solcher SchönGeisth verstehen. Iedenfalls gilt dieses Märlein als kühnliche Antwort auf meines Herren grosse Rede – so flüsterts aus den Salons. Den Prince beeindrukkt derlei GOtthlob nicht. Gelegentlich half er in Berlin zwar selbst solch windigen Burschen, wann man mit ihnen deutlicher redete und sie darob zu klagen begannen. Und als man die Straff= und PolizeiGesetze auch gegen iene anwandte, die unsere Religion auf die frecheste Weise angriffen und die bestehenden socialen Verhältnisse herabwürdigten und sich unverhohlen bemühten, alle Zucht und Sitte zu zerstören, da half er hier mit einem politischen Wort und da financiell, um allzu grosse Härte abzuwenden. Davon kann ein Rauch, ein Laube, Heine, Groth etc. erzehlen, wann nicht ihre Dankbarkeit von gleicher Consistenz wie ihr Patriotismus ist. Selbst für den Herwegh verwandte er sich, wie ich weiss, der, weniger aus eigenem Antrieb, denn durch Verführung seitens einiger JiddenBengel, Ungeschiklichkeiten gegen das preussische KönigsHaus unternahm. Insammt aber schäzzt er sie nicht. Das sei Witz ohne Haltung, Satire ohne iedweden Belang, und die neuerdings wieder gepflegte aesopsche SclavenSprache sei in ihrer Unverbindlichkeit und nicht greiffbaren Meinung läppisch, verwaschen und ureigenthlich kommode. Sie sei ihm suspect, da der Schreiberling, statt als freier Mann in die

Schranken zu gehen, sich katzbukkelnd empört und sich somit selber versclave. So krazzt ihn iener PublicumsLiebling aus der oeffentlichen petersburger Bibliothek nicht sonderlich; item das Gewäsch aus den Salons.

Erwarte mich auf den 20. December. Ich küsse Dich und meine schöne Alexandra. Dein Johann.

den 6. December
(allhier den 24. November),
in St. Petersburg.

Meine Mila! Ich habe den Tag bislang mit KirchGang und Einpakken verbracht, was mich Beides gleichermaassen erbauete, und ich will in meinen Vergnügungen geradezu ausschweiffen und Dir schreiben. Ein leztes Briefgen.

Mein Prince ist derweil zu der Audience und bereits zwee Stunden fort. Zum Dienstag verlassen wir St. Petersburg mit hochgepakkten Wagen und denken ueber Riga und Königsberg in weniger als dreizehn Tagen in Berlin zu sein. Allesammt sind wir bester Laune. Die vergangenen Abende plauderte mein Prince aufgeräumt und kurtzweilig wie nie mit mir, und es ist ausgemacht, wann Du es nur willst, dass wir weiterhin unser Brot bei ihm essen. Auch ist er mit meinen geisthigen Talenten zufrieden und hat zukünfftig diesbetreffend einiges vor, wodurch ich mich auch in der Wissenschaft verdient machen kann. Dass wir nicht gleiche politische Köpfe sind, erkläre ich mir mit den verschiedenen LebensAltern. Nennt er sich selbst doch einen muffligen Saurier in der neudeutschen PreussenScene. Selbst darin kann ZusammenArbeith von Nuzzen sein: man kann gegenseitig von einander lernen.

Erstaunlich waren mir iedoch seine kühlen Notationen zu ienen Bewegungen, die sich für Socialisirungen der Gesellschaft in die Brust schlagen und francösische Parolen lauthals verschreien. Ist der Prince doch als ihr PartheiGänger angesehen und besizzt mannigfache Freunde ebenda. Doch spricht er von ihnen mit müdem Lächeln, ihre Hoffnungen verzeihend und als Narrethey anblikkend. Er verwies auf die Vereinigten Staaten, die einstens mit Eklat eine neue Seite im Buche der Menschheit aufschlugen, deren politische Freiheiten nun aber herunter gewirtschaftet seien zu einem Mechanismus im Elemente der Nüzzlichkeit. Was anregend und hoffnungsvoll schien, war es allein für den profitablen Vortheil; und Humanität ward dorten eingeführt nach den Principien ihrer Verwend= und Verwerthbarkeit, so dass die hochfliegendsten Erklärungen und Betrachtungen einträchtig dahergehen mit ihrer uns unfassbaren Gleichgültigkeit gegenueber den versclavten UrEinwohnern und Negern. Mit sechzig Jahren werden die Hoffnungen schwach. Er habe die francösischen Regenten fallen sehen, und immer neue Versprechungen traten an ihre Stelle. Es waren ausgezeichnete, verdiente Männer dabei, aber sie hielten nicht aus; bald seien sie nicht besser denn ihre Vorsänger, und oft noch grössere Schufte. Da sei keine Regierung, die dem Volke Worth gehalten; keine, die ihre SelbstSucht der Gesellschaft untergeordnet habe. Die Nation wurde betrogen und wird wieder betrogen. In Preussen ueberdies, wo man neuerlich so viel Eiffer an die francösischen Bestrebungen hänge, gerathe Alles zur verschämten Idee. Wie ueberhaupt das Verschämte das eigenthlich Preussische sei. Luthers Wüten gegen den deutschen Bauern, sein Verlangen, den Aufstaendischen zu sengen, erschiessen und hängen sei die articulirte TotFeindschaft zwischen dem verschämten Rebellen und dem Unverschämten. Die im Auslande so gern und häuffig belächelte Accuratheit der Preussen und das Alles ergreiffende OrdnungsPrincip, die ob ihres exacten und pedantischen Aufbaus und ihres mechanischen Reglements beneidete oder geschmähte Armee sei die verschämte Brutalität und

Grausamkeit, deren BlutRausch, einmal gefordert, nicht gebändigt, sondern, getragen von einem weiteren verschämten Princip, nehmlich dem vorgeblichen GemeinWohl, sich schrankenlos gebärden könne. Und die Liebe in Preussen habe ihre verschämten Formen in der Ehe und der Dirne, diesen zwee staatserhaltenden Einrichtungen. So finde iedes menschliche Bedürfniß seine verschämte Verkehrung, und iede Unmenschlichkeit einen verschämten Tithel, der ihr BürgerRechte verleiht. Man gibt ieder Niedertracht einen verborgenen, hoeheren, gleichsam socialistischen Sinn, worin sie ihr GegenTheil bedeute. Der deutsche SpiessBürger wird zur Persönlichkeit, Preussen die eintzig normale Nation; sein Producte der NormalMensch, der seine Unselbstendigkeit im Denken und Handeln als Brüderlichkeit begreiffen darf und gemeinnüzzig, und dessen Societät sich in einen reissenden Wolf verwandle, wann immer er die Stallung seiner Normalität gefährdet sieht.

Dann widerrief Gumplot Alles, lobte den erfreulichen und wohlthätigen Eindrukk, den die anhebende Gleichheit auf ihn mache. Es sei nicht gäntzlich gleichgültig, dass die Menschen der arbeithenden, sogenannten niederen Classen ein Gefühl ihrer eigenen Werthigkeit erhalten. Sprang drauff in der Rede und kam auf seine eigene Arbeith zu sprechen, beklagte gar seine asiatische Reise, die nur Thatsachen angehäufft, wenig aber der methodischen Natur-Erforschniß eingebracht habe. Sibirien sei ihm mit Epauletten, Honneurs und EhrensäbelGerassel verstellt gewesen, so dass er als das gewichtigste Ergebniß der Reise wohl den St. Annen=Orden erster Classe zu nennen habe. Sprach sodann ueber die Narrheit des Ehrgeitzes, von der er getrieben sei; Narrheit, da die Historie uns genügend belehrt habe, wie wenig GeisthesProducte nüzzen. Alles gerathe ohnhin in die EndRedaction der Mönche, die das Beste der Texte auskrazzen und der NachWelth nur bewahren, was ihren Albernheiten entspreche. Und dann, während er den

Thee austrinkt, der StossSeuftzer: Wüssten wir nur wenigstens, warum wir auf dieser Welth sind.

All diese misanthropischen NachtGedanken erzehlt er mit sanfter Stimme, hertzlich und freundlich mir zugethan als wie ein zweeter Vater. Dann bittet er mich zu gehen und arbeithet bis drei Uhr Nachts und ist um sechs in der Frühe wieder auf den Beinen und ueber den Büchern. Fürwahr, ein merkwürdiger Kauzz und lieber Mann.

Jezt ist er die dritte Stunde bei Zar Nicolaus. Derlei auszeichnende Behandlung thut ihm guth und muntert seinen Geisth auf; er wird folglich wohlgelaunt heim kehren. Ich will derweil weiter pakken. In zwee Tagen besteigen wir die Kutschen. Ich küsse und umarme Dich. Dein in ein schönes Weib und eine freundliche Mutter verliebter Johann.

den 8. December.

Mila, Liebe. Menschenin ueberbrachte uns Gestern den dringenden Wunsch des Zaren, meinen Princen ein zweetes Mal zu empfangen, sobald er nur völlig genest ist. Dabei gaffte er sich nach mir um, frech und lachend in mein Antlitz. Ich muss Dir nicht commentiren, was diese Nachricht uns bedeutet. Ich war ruhig dabei und zittherte nicht. Meine Herren, inclusive Prince Gumplot, waren irritirt und stammelten von der berliner Arbeith, die auf sie warte. Menschenin, diese TeuffelsFrazze, versicherte, am Tage nach der erneuten Audience abreisen zu können. Nur, dass diese Audience unbestimmt ist, wann.

Menschenin, was bist du für ein Satan; ich habe es mir und meinem JEsus gelobt, du sollst nicht siegen.

In unveraenderlicher Treue zu Dir, Dein Dich liebender Johann. (in St. Petersburg).

PostScriptum. Ich werde nach den neuerlichen Umstaenden am Hlg. Geburtstag unseres HErren nicht bei Dir sein. Lass uns beide, Du in Berlin und ich wo auch immer, an diesem Tage zum Sechs=Uhr=GOtthesdienst das AbendMahl nehmen, auf dass wir so in GOtth und in unserer Liebe vereint sind. In soviel Ungewissheiten lebend, ist mir die feste Burg meines Glaubens ein Trost und eine Zuflucht. Johann.

noch den 8. December, Nachts.

Liebe Mila! Dass ich heute ein zweetes Mal schreibe, hat dummen Anlass: Menschenin fand mich den Nachmittage am Flusse laufend. Ich war in Gedanken gantz an mein russisches Ungluek und meine Berliner Lieben versunken, da rief er mich von hinten an, dass ich gar mächtig verschrak und nur allmehlig zu mir zuruek fand. Er grüsste mich nicht, wartete auch keinen Gruss von mir ab, sondern herrschte mich an, dass ich mich binnen zweer Tage mit einem Manuscripte bei ihm einzufinden hätte. Man könne auch anders, fügte er bei, immer lächelnd, immer von oben herab. Er sei des Spiels ueberdrüssig worden, und wenn nicht anders, so werden meine Hrn. allein abreisen, und ich könne in einer russischen Kasematte mir Musse genügend nehmen, den Bericht ausführlich zu scribiren. Ihm sei es ein Leichtes, einen Grund für mein längeres Verweilen in der ZarenStadt zu liefern. Man würde dem Princen mein Verschwinden andeuten. Ihm mittheilen, dass ich zulezt in gewissen Gässchen gesehen sei. Auch könnten eindeutige Frauenzimmer meinen Coffre abholen lassen, so dass die Expedition – von meiner LustSeuche und unersättlichen Geilheit ueberzeugt – mich Petersburg ueberlassen würde und unbesorgt und ohne Deinen Sposo die HeimFahrt antreten würde. Oder man könne mich mit einem Pferde-

Fuhrwerke anfahren lassen, dass ich mit einigen zerbrochenen Knochen selbstens auf einen allzu jähen Transport verzichten moechte. Also in zwee Tagen, sagte er zum Schluss und ging.

Ich stand am Wasser, wohll an die anderthalb Stunden. Die Tränen und der Rotz liefen mir und froren auf den Bakken fest. Aber nun, da ich im Hause bin und Dir schreibe, bin ich wieder bei Sinnen. Ach, wie tröstlich ist es, sich mit Dir auszusprechen, wenn auch nur auf einem Blatt Papiere. Was ich anheben werde, weiss ich nicht. Sprechen kann ich mit Niemandem. Alles ist niedergedruekt ob der verzögerten Reise.

Sei dennoch unbesorgt, Mila, ich will künstlich zu Werke gehen und doch ein deutscher Mann bleiben, auf dass ich vor meine Lieben und dereinst vor GOtth ohne Scham treten kann. Bei einem Glase heissen Thee, welchselbiges vor mir dampfft, und in der warmen Küchenstube scheint mir nun Alles eithel und leere Drohung gewesen, mit denen ein Menschenin vielleicht Kinder oder seine tölpligen Russen verschrekken mag. Meine Antwort stehet nun fest. Zwee Worte nur, die ich unverzagt ihm vorhalten will: Honneur, Honneur!

Und wann ich in Deutschland wäre, so wollte ich noch ein Wort unserer grossen Dichter hinzufügen, das unsere Wesensart trutzig und treffend aufthut. Aber der Teuffel wills, hier fällt mir keines der schönen Sprüchel ein. Den Princen will ich nicht fragen.

Mila, wann immer ich in Berlin anlangen werde, wann immer, sei unverzagt.

Hier muss gekämpffet werden.

Dein Johann Seifert.

den 9. December
(oder russischen 27. November),
immer noch in St. Petersburg

Mila, endlich ist Nacht worden. Schlafen, so guth es mir thun sollte, kann ich nicht. Der Tag war mir schlimm genug. Des Morgens bummelte ich ueber einen Markt, von denen es hier etliche gibt, und wo man verhungertes Gemüse feil bietet und HeiligenBilder und =Kertzen, auch Gerätschaften für die Küchen und Stallungen sowie Lumpen zur Bekleidung. Kaufen wollte ich Nichts, aber mich zerstreuen.

Plötzlich ergreifft mich ein schmieriges Subjecte am Rock, redet auf mich in seinem Kauderwelsch ein, will mich gar schlagen. Ich verstehe kein Wort und versuche, das Freie zu gewinnen, doch drei, vier baumstarke Kerls halten mich auf. Man gestikuliert. Zwee Uniformierte erscheinen. Meine Bedränger lassen von mir, reden auf diese ein, derweil ich meine Ahndungslosigkeit bekunde. Die Uniformierten deuten mir an, meine Taschen zu leeren, was ich, um meine Unschuld darzuthun, bereitwillig erledige. Wie war meine Ueberraschung gross, Mila, da ich aus der Tiefe meiner MantelTaschen einen PapierWikkel ziehe, mit unverständlichen Schriften bedekkt. Ein solches Paket war nie zuvor in meinem Besitze, und wie es in meine Taschen – weiß GOtth allein. Die Menge jault auf, man greifft mich fester an, die Uniformierten entkleiden den Fund des Papieres, und ein golden und farbiges HeiligenBild zeigt sich, wie man es auf dem Markt handelt und in ieder Kirche in Vielzahl hängt. Doch wie es in meine Taschen gekommen – es ist ein Wunder, Mila. Hart gepakket, von einer schreienden Menge umringt, werde ich in eine Amts-Stube geführt. Man bedeutet mir, mich zu sezzen. Während dem besprechen die Russen sich und füllen Papiere aus. Nach drei Stunden, die ich auf dem Stuhl schwizze, kommt endlich ein des Deutschen mächtiger Beamter. Er sagt mir, dass ich eines Verbrechens ueberführt sei und am nächsten Tage ausgepeitscht werden solle – Ich protestire, schreie, verlange nach Humboldt, nach dem Grafen Cancrin, rufe alle der russischen Namen, die mir geläufig sind. Umsonst. Auch ein Bitten erweicht nicht die dumpffen Gesichter. Ebenso, dass ich die mitgeführten russischen und deutschen Gelder dem AmtsVorsteher zustekke. Man lacht mich aus, man greifft wieder nach mir, um mich in eine Zelle zu stekken, wo ich die Nacht verbleiben soll, um auf den anderen Tag geschlagen zu werden.

Bevor man mich noch aus dem Raume führt – und ich habe wie ein Thier um mich geschlagen, Mila – erscheint ein neuer, wohl sehr bedeutender Beamter, denn Alles wird ehrerbietig. Dieser Herr spricht auf das Beste meine Sprache. Nachdem er die Russen angeherrscht und gäntzlich zum Schweigen gebracht hat, wendet er sich freundlich zu mir. Er sagt, dass er den Vorfall bedauere, dass ohne Zweiffel eine böse Verwechselung vorliege, dass ich meiner Wege unbesorgt ziehen möge und dass mir kein Mensch was zuleide thun werde. Ich solle geruhen, den nächsten Tag bei dem Hr. von Menschenin vorzusprechen, um diesem das Geschehen zu erklären und darzuthun.

Secunden danach bin ich auf der Strasse. Allein, frei. Mit schmerzendem Schädel ob all der vielen Unbegreiflichkeiten. Mein Heimweg dauerte an die drei Stunden, da ich zu erregt mich fortwährend verlaufe. Ich schwizzte, zittherte und fror und begreiffen that ich Nichts.

Daheim berichtete ich säuberlich meinem Princen Gumplot. Der that besorgt und rieth mir an, dass Haus nicht weiter zu verlassen. Allein den Menschenin sollte ich noch aufsuchen, dann aber bis zur Heimfahrt das Zimmer hüten. Ich frage, ob er mein Ungemach auf einen Reim bringen könne, da mir heillos verwirrt Alles sei und ich nicht weiss, wie das HeiligenBildchen in meine Tasche gekommen, noch die Umstaende meiner wunderbaren Errettung. Auch war ich begierig danach, was Hr. von Menschenin mit Allem zu schaffen habe, dass man auf einer PolizeiStation so bald den Namen unseres ReiseMarschalls und OberHüttenverwalters zur Hand hatte. Es mag eine seltene Häuffung natuerlicher Zufälle sein, sagte mein Prince, und die OberFläche, so verwunderlich, kann schon den eigentlichen Grund bedeuten. Doch mag auch anderes hinter stekken, und zur Umsicht zu rathen, sei angebracht. Ein Hr. von Menschenin, so oder so, verdiene Aufmerksamkeit. Dabei lächelte Prince Gumplot mich so eigentümlich an, dass ich hochroth im Gesichte wurde und meine Hände schwizzig. Mehr aus dieser Verlegenheit – denn ich war erneut an ienen Auftrag gemahnt – als aus dem Verstande widersprach ich ihm. Hielt ihm vor, dass dieser Menschenin nur ein unbedeutender Beamter sei, der einer so hoch decorierten ReiseGesellschaft wie der Unsrigen die Stirn nicht bieten könne. Mein Prince erwiderte, ich solle mich nicht als Narr geberden und die kleinen Kröten vor den TempelEingängen, wo diese vornehmlich nisten, unterschäzzen. Denn wenn auch nicht mit viel Macht versehen, können sie durchaus recht bissig sein. Und ihr weniges Gift summire sich in den Jahren und vermag dann tödlich zu werden. Zumal in den absolutistisch regierten Staaten seien diese Kröten gefährlich, da sie ihr giftiges Maul dort verkleiden und masciren und allerlei moralische, politische und schöngeistige Vorwände zur Hand haben, um ihre privatesten Gefühle abladen zu können. Wahre Critic und selbst Censur sei, wie immer, offen und somit beredbar, wenn nur die Gesellschaft bei sich selbst und das notwendige StaatsUebel nicht aufgebläht, sondern ein schmiegsames Tuch um dem Leib des Volkes sei. Doch eine sich selbst mißverstehende Regierung bedarf der Phrase, und wenn eine politische Diktatur genügend praktische Floskeln entwikkelt habe, lasse sich hinter diesen iedweder Unrath verbergen. Schon Mancher, der staatliche Unbill ertragen musste, schuldete dieses allein seiner Nase, die einem KrötenThiere missfiel. Er gedenke da eines GeheimenRathes in Berlin, dessen Namen er mir verschweigen will. Dieser Mann sei der schlechteste Kerl der gantzen preussischen Wirtschaft, ein widriger Schleicher und Duckmäuser, gefüllt voll Hass und Gift. Dieser hege eine Antipathie gegen die Garcia, diese Wunderbarste aller Sängerinnen, und weiss es von Jahr zu Jahr zu verhindern, dass Selbige in Berlin zu hören ist. Er behauptet, sie sei zu roth, was ausgemachter Blödsinn sei. Aber da die Garcia in Paris und Italien singt, glaubt man ihm. Alle Einwände, dass ihr Gesang nicht roth sei, begegnet er mit Parolen des preussischen Nationalismus. Dieser Kerl, der die prächtige Garcia auf den Tod nicht ausstehen kann, behauptet allenthalben, das Vaterland sei durch diese Frau in Gefahr, nur um seiner Abneigung zum Erfolg zu verhelfen. Solche Kröten, sagte der Prince, sizzen vor allen Eingängen, garnieren mit der ieweiligen HofPhilosophie ihre albernsten Meinungen, kochen ihre Suppen zusammen mit der Staatsbrühe und rufen nach den königlichen Gerichten, um ihrer MagenVerstimmung GesetzesKraft zu verleihen. Das Beste an diesen Widerlingen sei, dass sie vorzüglich hinter den Rükken der Personen agieren, so dass man sie nicht auch noch ansehen muss, wann man schon unter ihnen zu leiden hat. Ienem GeheimenRathe habe er die Garcia nicht abringen können und ihm zuletzt gesagt, er solle nach Bethanien schikken und die Diakonissen singen lassen.

Dann sezzte sich mein Prince an dem SchreibTische nieder, was mir Zeichen war, nicht weiter zu stören. Ich stand in der Tür, als er mir noch einmal zurief, vorsichtig mit den Kröten zu sein.

Ich will den Rath beherzigen, bei GOtth, Milalein. Meine Kröte soll keine Freude an mir finden. Morgen will ich zu ihm gehen und Dir alsbald schreiben. In den Tagen des Wartens auf die Abreise sind mir die Briefgen vergnüglich, und ich will Dich in der verbleibenden Zeit, Tag für Tag, mit einigen zusetzlichen Bogen verwöhnen.

Nacht ist es über dies geworden. Ich will den Brief siegeln und Morgen ein neues Blatt vornehmen.

Schlafe, Mila. Ich bin gantz bei Dir. Dein Sposo.

den 13. December.

Mila, ich war Gestern bei Hr. von Menschenin. Heute kam die Einladung zur zweeten Audience für den Prince. Am 15. verlassen wir St. Petersburg. Nun ist es gewiss und unumstösslich.

Verzeihe, Geliebte, die Pause in meinen Briefgen, denn es gab vielerley zu thun, und meine Finger sind blutend geschrieben.

Ich verlasse Russland ohne Groll, denn die Russen sind treuhertzige und vortreffliche Menschen. Doch die grinsende TeuffelsFrazze des Menschenins, ich möchte sie mein LebTag nicht mehr erblikken. Von einem ZobelThierchen war bei ihm keine Rede mehr; ich selbst war unlustig, ihm davon zu sprechen, trotz der Freude, die ich Dir brächte.

Gedenke unseres gemeinsamen AbendMahls am Geburtstag unseres HErren. Ein lezter BriefgenKuss von Deinem Dich ueber Alles liebenden Johann.

PostScriptum. Der Kutscher nannte den 27. December als den Tag, an dem wir in Berlin eintreffen und an dem ich meine Mila und meine Alexandra umarmen darf. Johann.

*Inhalt*